邵毅平 著

中西草

我的欧陆文学逍遥

上海文化出版社

作者简介

邵毅平,江苏无锡人,1957年生于上海。文学博士,复旦大学中文系教授、博士生导师。专攻中国古典文学、东亚古典学。著有《诗歌:智慧的水珠》《小说:洞达人性的智慧》《论衡研究》《中国文学中的商人世界》《文学与商人》《中国古典文学论集》《中日文学关系论集》《东洋的幻象》《诗骚百句》《胡言词典》《马赛鱼汤》《今月集》《远西草》《西洋的幻象》《东亚古典学论考》《中西草》《如何阅读文学经典》及"朝鲜半岛三部曲"等二十种。译有《中国文学中所表现的自然与自然观》等多种。编有《东亚汉诗文交流唱酬研究》。为复旦版《中国文学史》《中国文学史新著》作者之一。

批评家的任务是把一座图书馆装到一部书里。

—— 让－伊夫·塔迪耶《普鲁斯特传》

目录

小城故事

从布拉格坐火车出去，无论坐多久，是近是远，总会来到一座小城，波西米亚的，摩拉维亚的，我不是很弄得清楚。地名则更是记不住，都起码五个字以上，又不讲平上去入，哪像五言诗好记。但它们有个共同点，就是都很冷清，街上行人稀少，哪怕是历史名城，甚至是世界遗产。

有一次在某小城，在旅店安顿下来，问老板哪儿能找到饭吃。他介绍了一家饭馆，走到了却大门紧闭，原来早已倒闭了，连老板都不知道。于是再往城中心跑，却仍是冷冷清清的，不像过日子的样子。行人匆匆路过，也是裹紧了外套，夹着面包或水果，不会为你停留，连问个路都难。

在这样的小城，住上一两个晚上，看过该看的景点，比如斯美塔那的故居，某位王公的城堡，中心广场的圆柱，也就可以离开了。想到以后不用再来，甚至都有点如释重负。如果要长期住下，工作或者生活，想想都会觉得无聊。

真到了那样的时候，天天两点一线，从家里到单位，从单位回家里，日复一日，年复一年，那还真的难以想象。尤其当你单身或者离异，尤其当你没有要做的事。再说曾经有段时间，要出门旅行都很难，因为拿不到批准文件。

于是，当你走在回家路上，邂逅了一位女士，认出居然是个熟人，甚至还有过春风一度，虽然是很久以前的事了，你又会怎样呢？也许，邀请她去家里坐坐？而她呢，回布拉格的火车要到晚上才开，还有长长的几个小时要等待，正愁着无处打发时间，你的邀请正中她下怀，自然也就顺水推舟了。

她明显老了，头发花白了，脖子枯萎了，脸颊下垂了，双手青筋凸现了……毕竟上次见面，已是十五年前的事了，那时她就不年轻了。她丈夫去世十年了，孩子早已成家立业。你们都想起了往事，你们都感叹着时间，像河水那般流过，错失了那么多机会……接下来又会发生什么呢？

如果是在福楼拜的书里（《情感教育》，1869），或者茨威格的笔下（《寻觅往昔》，1929），那就什么都不会发生，因为高堂明镜悲白发，朝如青丝暮成雪，发生了会引起厌恶。

然而你是在捷克的小城，波西米亚的，或摩拉维亚的，你被困在了这里，日复一日，年复一年，无所事事，没有出路，就像围城困兽，绝望得可怕。你感到，在这个世界上生活了那么久时间，却几乎没有什么像样的生活经历。于是，你的想法自然就会不同，比起什么都不发生来，你宁可发生点什么，可以吹皱死水般的生活，哪怕结果只是引起厌恶——何况也不一定引起厌恶：虽然年岁的栅栏竖起，但她优雅的风韵犹存。

就这样，昆德拉又一次改写了那个故事，那个福楼拜、茨威格写过的故事，那个被他们无情颠覆了的故事，他把它又一次颠覆了过来，这就是他的《让先死者让位于后死者》（1968）。这是他向文学前辈致敬的方式吗？

也许他想告诉人们：当你真的老了，一切都还未定？

本来应该是读不懂这样的故事的，如果我没去过捷克的小城的话。

（昆德拉《好笑的爱》，余中先、郭昌京译。福楼拜《情感教育》，王文融译。茨威格《寻觅往昔》，张玉书译。）

2021 年 5 月 4 日于沪上阅江楼

（原载 2022 年 11 月 18 日《新民晚报·夜光杯》）

时间的俘虏

日瓦戈医生死了，他在电车上突发了心脏病。他乘坐的那辆电车走走停停，第十次被一个步行的老妇人赶过。她是麦柳泽耶夫来的弗列莉小姐，十二年前就认识日瓦戈。那还是在一战中，日瓦戈和拉拉在她那儿救治过伤员，她以为他俩应该相爱。她是瑞典人，二十年来一直申请回国，直到最近才获批准，她到莫斯科是办理离境签证的，这天她去本国大使馆取护照。她一点儿也不知道，她赶过了电车上的日瓦戈，在寿命上也超过了他。

日瓦戈的遗体被运到了卡麦尔格尔胡同，停枢在他最后住过的房间里。二十八年前的圣诞夜，他去参加聚会途中，曾经过这条胡同，看到了这间房间，它的窗台上燃烧着一支蜡烛，玻璃窗上冰凌融化出了一个圆圈；而在房间里，拉拉正与其未来的丈夫谈话，然后要去枪击她这辈子的"灾星"。墙里秋千墙外道，墙外行人墙里佳人，都还没有走入对方的生活。

在瓦雷金诺受骗离开日瓦戈的拉拉，时隔十多年后回到了莫斯科，下意识地走到了卡麦尔格尔胡同，走到了她丈夫曾经住过的房间，那是她当年亲自替他租来的，里面每一个细节她都感到珍贵。可是她吃了一惊：房门大开，里面那么多人，还停着一口棺材，而死者正是日瓦戈。她走进了房间，所有的人，不论是坐着的、站着的还是在走动的，包括玛丽娜（日瓦戈的现任妻子），都一言不发，像有默契似的给她让路，走到房间外面，并且关上了门，只留下她一个人。她用自己的身体、自己的头、自己的胸膛、自己的心灵以及像心灵一样宽大的双臂紧紧抱住棺材、鲜花和他的遗体，边哭边诉说，与他告别……

也许，这也是日瓦戈和拉拉的创造者设想的自己的身后场景？后来帕斯捷尔纳克去世时，他的拉拉，伊文斯卡娅，与他单独告别的场面，宛如小说中场景的再现。"是的，一切都成真了，最糟糕的一切。一切都按照这部不祥的小说所写的进行。它真的在我们的生活中扮演了一个悲剧性的角色，把一切都吸入自身之内。"（伊文斯卡娅《时间的俘虏》，1978）不过，帕斯捷尔纳克大概不会想到，在两天后他的葬礼上，伊文斯卡娅无法守在他的灵柩旁，而是只能随着人潮匆匆看他一眼。

"我的到来伴随着窃窃私语，和半转过身好奇的目光……很少有人理解我……人越来越多，迎着人潮站在那里保持不动非常困难，我从房子对面的门廊离开……我在帕斯捷尔纳克别墅的窗外坐下……窗后是一场告别。我的爱人躺在那里，和所有来看他的人完全疏远了。而我坐在我的上了锁的门前。"（同上）

"我和妈妈在门廊旁边的土台上坐下。我们好像发了呆，就这样大概坐了一小时……母亲仿佛一直处于梦幻之中。她不能进屋去灵柩旁待着——那儿有'家人'值守。她靠在门廊旁土台上蜷缩的身影显然让许多人感到伤心，但谁也不敢把这话说出来。只有一个人走到她面前，把她视为遗孀，吻了她的手，然后坐在她身边。她立刻歇斯底里地号啕大哭起来。他讲了俄国残酷历史上的一些事情，谈到俄国如何安葬自己的诗人们……总之一句话，他说了些普普通通的话，但正是说给她听的，这件事对她十分重要。"（伊梅利亚诺娃《波塔波夫胡同传奇》，1997）

"我想和您一起从他的棺材前走过。"他说着，把她扶起来，绕着棺材走了一圈……

悼念人潮中这位行侠仗义、救危济困的愁容骑士，也有着一张堂吉诃德式的干瘦苦涩的脸，他就是无数读者喜欢的《金蔷薇》（1955）的作者帕乌斯托夫斯基。果然人如其文，他有一颗金子般的心，在那个残酷的年代，他保持了善良和真诚。

我把这个细节分享给了几位《金蔷薇》的爱好者，其中有位朋友回复我说："我希望能有机会做出帕乌斯托夫斯基对伊文斯卡娅那样的事来。"

（帕斯捷尔纳克《日瓦戈医生》，力冈、冀刚译。伊文斯卡娅《时间的俘虏》、伊梅利亚诺娃《波塔波夫胡同传奇》，李莎、黄柱宇、唐伯讷译。）

2021 年 11 月 26 日于沪上阅江楼
（原载 2022 年 1 月 3 日《新民晚报·夜光杯》）

生命的重与轻

　　昆德拉提出过许多新颖别致的主张，比如欧洲小说起源于"上帝的笑声"，比如"不能承受的生命之轻"……

　　但是，我越是读他的小说，就越是觉得他有心无力，甚至可以说是口是心非。也就是说，他其实做不到自己的主张；或者说，他根本就不想做到自己的主张。

　　比如他所谓的"上帝的笑声"，是指那句犹太谚语，即"人类一思考，上帝就发笑"。他想象拉伯雷听见了"上帝的笑声"，于是停止了无谓的思考，开始用小说来表现人生，欧洲第一部伟大小说《巨人传》（1532—1564）就此诞生。然而，昆德拉小说的最大特点，难道不正是连篇累牍的议论吗？而且早期的小说还好点，越往后则越是变本加厉，到了最近的《庆祝无意义》（2014），简直就是一部议论小说了（不过说实话，我倒是蛮喜欢"庆祝无意义"这个说法的）。他越来越多地介入叙述，在叙述中引入哲学思考，甚至直接针对读者喊话，对小说中的人物说话，以表明自己的写作意图。"确实，我喜欢直接介入，作为作者，作为我本人。"好在他还有点自知之明。"我刚刚一直忘了,上帝看见我在思考,他就会发笑。"
(《耶路撒冷演讲:小说与欧洲》,1985)

"不能承受的生命之轻"也是这样。在同名小说(1984)
里,作为"轻"之代表的托马斯大夫,虽然拈花惹草,自认
游戏人生,可是我们从头看到底,他一生的思考与选择,比
如写那篇关于俄狄浦斯的文章,不肯在悔过书或请愿书上签
名,心甘情愿被特蕾莎"套牢",从苏黎世回到占领下的布
拉格……都是沉重得不能再沉重了,哪里有丝毫的"轻"可言?
同名电影(1988)的编剧之一让-克洛德·卡里埃尔就说:"特
蕾莎没有告知托马斯便回到捷克斯洛伐克,当托马斯与他重
逢时,人们明白,他放弃了轻,他比自己以为的更爱他的祖国,
也比自己以为的更爱他的妻子,人们也明白,他被不幸与死
亡所吸引。"所以他认为,原书名不适用于电影,主张改掉
它,改为"放纵者",但其主张没有被接受(让-多米尼克·
布里埃《米兰·昆德拉:一种作家人生》)。

推而广之,昆德拉的哪一部作品,其表现的哪一个主题,
所塑造的哪一个人物,不是沉重而又沉重的?他们最终都像
《笑忘录》(1979)里的塔米娜,渴望去到一个凡事凡物像
微风一样轻飘的地方,一个凡事凡物都没有重量的地方,却
又不可得。

那么,昆德拉的主张错了吗?没错,可实行的不是他自
己;符合他主张的作品有吗?有的,可不是他本人的作品。

我以为，最能领会"上帝的笑声"的，是福楼拜、卡夫卡、巴别尔、海明威那一路的作家；真正写出了"不能承受的生命之轻"的，是《你好，忧愁》那一类的作品。

1951年，年届不惑的米沃什，放弃了优厚的待遇与特权，离开波兰驻法大使馆出走，此后过了十年困苦的流亡生活。他的处境与后来的昆德拉正相反，后者一到法国就有了大学教职，而在捷克则曾沦落到社会底层，只能为某周刊写写星相学专栏，收入微薄得可笑。在那"到处潜悲辛"的艰难岁月里，米沃什坚守着自己的文学"偏见"。"我把某些类型的文学作品撇开了，从来不读。比如，1954年，法国有一本有名的畅销书，叫做《你好，忧愁》，作者是非常年轻的弗朗索瓦丝·萨冈。我当时住在法国，但我并没有读（许多年后，我才怀着非常复杂的心情读了这本书）。"（《米沃什词典》，1997）

我很好奇米沃什后来终于读萨冈时，所怀着的是怎样的"非常复杂的心情"。但读过萨冈与米沃什的一些作品后，我能够理解米沃什对萨冈的"偏见"，理解他当年为何坚决不读《你好，忧愁》——这实在是云泥之隔的两种生活，冰火难容的两个世界。在法国这个"什么也不发生的国家"（《笑忘录》），"甚至苦难也成了奢侈品"（莫利亚克语），"几乎不被每一场龙卷风的翅膀触及"（米沃什语），"知道地狱的深度"、正承受着家国命运之重负的米沃什，自难以承受"不能承受的生命之轻",难以欣赏萨冈们的"为赋新词强说愁",刻画那些茶壶里的情感风暴。不仅米沃什是这样,或许昆德拉也是这样,推而广之,所有有类似经历的人可能都是这样。

至于我自己,我是把萨冈的作品穿插在米沃什、昆德拉、索尔仁尼琴之类作家的作品之间读的,否则真的有点受不了,两边都受不了。

也许,生命的重与轻,都是难以承受的。

(昆德拉《小说的艺术》,尉迟秀译;《不能承受的生命之轻》,许钧译;《笑忘录》,王东亮译。让-多米尼克·布里埃《米兰·昆德拉:一种作家人生》,刘云虹、许钧译。米沃什《米沃什词典》,西川、北塔译。萨冈《你好,忧愁》,林苑译。)

2021年12月8日于沪上阅江楼

另一辆马车

那天，沙维尼先生坐了家里那辆崭新的四轮马车去公爵那儿打猎，却给妻子留下了另一辆据车夫说需要修理的马车。她怀着对丈夫的满腔怒火前往 P 地，想去对兰贝尔夫人倾吐一腔怨气。那儿离巴黎有十六公里的路程。她结婚已有大约六年，但婚后半年，便发现自己对丈夫不仅不可能有什么爱情，甚至也难以产生任何尊重。在兰贝尔夫人府上，她邂逅了刚回国述职的青年外交官达西，在她婚前，他俩曾有过一段似隐若现的情愫。但达西那时太穷了，实在配不上她，所以结果不了了之。现在他继承了伯父的一大笔遗产，在官场上又混得风生水起，沙维尼夫人感到过去的情愫似又重现。当天深夜回巴黎的路上，沙维尼夫人遭遇了暴风雨，马车倾覆在了水沟里，前不巴村后不着店。正巧达西雇的马车前后脚经过，于是沙维尼夫人坐进了他的马车……在接下来的十二公里路上，马车里发生了该发生的一切。

这是梅里美的小说《阴差阳错》（1833）里的情节。

1856 年 4 月，福楼拜完成了《包法利夫人》，从 10 月 1

日起，开始在半月刊《巴黎杂志》上连载，至 12 月 15 日，分六期连载完毕。编辑觉得小说太杂乱太繁冗，有些情节还有点"那个"，于是便动手加以删削，其中就有马车绕城漫游情节（关于那个情节，参见拙文《鲁昂，一辆马车》，收入拙著《远西草》）。福楼拜则难以接受，坚持要求加个附注，以对删削作出说明。"等到 1856 年 12 月 1 日的一期付印的时候，有一位杂志主持人对于马车那一场面大惊小怪了。他说：'这不合适，我们要加以删削。'福楼拜为了删削气愤。他不愿意删削正文而不在下面加上一条附注。要附注的是他本人。是他为了作者的自尊心，不愿意他的作品残废；同时另一方面，也不愿意引起《杂志》的不安，便说：'你们认为应当删削的，你们删削好了，不过你们要声明一下你们做删削来的。'于是大家同意下面的附注：'这里有一节违背《巴黎杂志》的编辑方针，势在必删；我们已经正式通知作者。'"（《辩护状》）

不得不说福楼拜是自作自受，这附注不啻欲盖弥彰，此地无银三百两，反而引起了检察官的注意。于是他仔细审读了整部小说，发现类似的描写所在多有，遂向巴黎法院提起了公诉，告小说的颜色是色情的颜色，会败坏公众和宗教的道德，可改称《一个外省女人的淫史》。"好啦！这不幸的删削，做成了官司。这就是说，负责监督（理由十足）一切可能伤害公众道德的写作的衙门，看见这种删削，立即起了疑心。"（《辩护状》）公诉人枚举了小说的四大罪证，第三条即为马车绕城漫游情节。"先生们，我们现在知道，堕落没有在车里发生。《杂志》的编辑由于一种值得恭维的细心，删掉车里堕落的一段文字。"（《公诉状》）也就是说，公诉人认为，刊物的删削行为本身，坐实了马车里的堕落，证明小说确实不道德。

要反驳公诉人很难，可难不倒辩护人。辩护人先发制人："我的上帝，你们知道大家假定些什么？"读过小说的人都知道，爱玛在马车里偷情了，失足了，堕落了，但作者只是暗示，没有明写，读者对此只可意会，不可言传，没人好意思公然说出口。于是辩护人乘机断言："大家假定了许多并不存在的东西。"然后辩护人又巧妙地抬出了梅里美，他的一篇卓绝的小说《双错记》（即《阴差阳错》），里面也写到了类似的马车情节，也就是本文开头介绍的那段。辩护人判定，《包法利夫人》被删的马车情节，或许有些东西正和《双错记》相同，但是在篇幅上和程度上甚至不及后者的一半或四分之一。"车里发生的细节就在你们眼前。但是，像我的委托人，他呀，满意于游行本身，车里的情形只露出'光光一只手……'，因为我的委托人这样就满意了，没有人知道真正情形，人人假定——为其有所删削——他说了至少有'法兰西学会'的会员一样多，你们方才看到的，根本就不是。"（《辩护状》）言下之意，既然连篇累牍的梅里美都算不上"诲淫"，描写简约的福楼拜自然就更算不上了。

辩护人当然是在偷梁换柱，强词夺理，因为梅里美小说里的马车情节，大部分篇幅写的是两个人的对话，同时勾引和屈服也在同步推进中，最后暗示偷情的则只有寥寥数语："达西激动地把她搂到怀里，想用热吻止住她的眼泪。她还试图挣脱他的怀抱，但这已经是她最后的挣扎了……第一阵如醉如痴的享受过后……他便要和他征服的女人分手了……"与此不同，福楼拜的马车情节虽全无对话和描写，但乘客要求马车夫不停地走，一直走了整整五六个小时，正是这种不写之写的"留白"手法，产生了最大的色情暗示效果，让人不难想象马车里正在发生的事情。若说"诲淫"的程度和效果，这其实是远甚于《双错记》的。简言之，福楼拜用暗示取代了直接描写，根本就没有正面提及"有些东西"，又何来不及梅里美的多少篇幅？因此，辩护人的辩词显然是在暗度陈仓，偷换概念，用篇幅的长短取代了效果的强弱，借此来让梅里美掩护福楼拜过关。

但从后来的判决来看，辩护显然是成功的。这不仅是因为梅里美确实写了马车情节，从而为文坛后生树立了一个"坏榜样"，更因为梅里美此人来头不小，既是法兰西学会的可敬会员，还是第二帝国的上议院议员，更是欧仁妮皇后的文学弄臣，在拿破仑三世朝中正炽手可热，春风得意，就算借给公诉人和法官几个胆，也不敢公然跟梅里美过不去——直至一个甲子后，普鲁斯特笔下的维尔巴里西斯夫人，于夏多布里昂、巴尔扎克、雨果一概看不入眼，却称道至少梅里美是个天才人物；她的父亲曾经是梅里美家的常客，经常在梅家见到正走红的司汤达。"不，我仅仅要告诉法庭，假如被告是梅里美先生，由于《双错记》的马车的描写，他会立刻宣告无罪。大家在他的书里看到的只是一件艺术作品，伟大的文学的美丽。他不会遭受处分。"（《辩护状》）辩护人拉大旗作虎皮，的确是找到了一把撒手锏，击中了公诉人和法官的软肋。只不知有关梅里美小说中的马车情节，是辩护人自己博览群书之所得，还是福楼拜向他坦承了自己的文学师承？

除了梅里美，辩护人还提到了拉马丁，用意与提到梅里美没什么不同，估计也起到了相似的虎皮作用，因为拉马丁此时已是文坛泰斗，且曾对《包法利夫人》大加赞赏。"我的委托人拜望拉马丁去了；他不仅遇到一位激励他的人，而且这一位还对他讲：'你给我二十年以来我读到的最好的作品。'这句恭维话，我的委托人生性谦虚，几乎不敢向我重复（毅平按：呵呵）。拉马丁向他证明，他每期全读，证明的方式再热诚不过，一页一页整个同他说起。"在得知福楼拜被告上法庭后，拉马丁对他说："我亲爱的孩子，法兰西不可能有一个法庭判你罪。对你的作品的性格发生这样的误解，加以控诉，已然极其可惜，但是为了我们的国家和我们的时代

的光荣，不可能有一个法庭判你罪。"（《辩护状》）本来
应福楼拜之请，拉马丁应允致函法院，可惜后来食言而肥；
但这并不妨碍辩护人引用他，以便给法庭留下更深的印象。

博学的辩护人，为了证明福楼拜无罪，还引用了法欧诸
多古典作家和当代大师的作品，勒萨日、博絮埃、马西隆、卢梭、
孟德斯鸠、舍尼埃、巴尔扎克、雨果、圣伯夫、莎士比亚、
歌德……一篇法庭上的辩护状，宛如长篇文学评论，洞见迭出，
精彩纷呈，让后世读者叹为观止。

而我们也因此了解到，一辆马车，一辆偷情的马车，是
怎样从梅里美的小说出发，来到福楼拜的小说里，又进入了
莫泊桑的小说的。

再后来，斯万上了奥黛特的马车，替她扶正了卡特来兰
花……

（梅里美《阴差阳错》，张冠尧译。福楼拜《包法利夫人》、皮
纳《公诉状》、塞纳《辩护状》，李健吾译。普鲁斯特《在少女们
身旁》第二部《地名：地方》，袁树仁译；《在斯万家那边》第二
部《斯万之恋》，徐继曾译。）

2021 年 12 月 12 日（福楼拜诞辰二百周年）于沪上阅江楼

到布拉格去

多年前我曾写过，我旅居雷恩的时候，每次散步去老城，都会走过那栋名叫"视野"（Les Horizons）的高层公寓，四十多年前，昆德拉在其顶层住过四年（参见拙文《雷恩的米兰·昆德拉》，收入拙著《远西草》）。他喜欢住在公寓的顶层，也让他的人物住在顶层，以便可以俯瞰城市，悬浮在生活之上，不受生活的侵扰，获得自由的感觉。在那里，他创造了一个人物，是他所有作品中最让他牵挂的女人。为了清楚地表明他的女主人公是他的，并且只属于他，他给她起了一个任何女人都没有用过的名字：塔米娜。他想象她是一个美丽的高个子女人，三十三岁，来自布拉格。他在想象中看到她正走在欧洲西部一座外省城市（他不满意雷恩的"丑陋"，便故意让它没有名称）的街道上，去一家夫妻开的小咖啡馆做女招待。店里的生意是如此不景气，没有那么多客人，座位总有一半是空着的。

有一个叫皮皮的常客，天天和塔米娜谈她自己，差不多有一年了。有一天她对塔米娜说，她打算夏天放假时和丈夫

18

一起去布拉格。塔米娜便托她，去布拉格时，去她父亲那里，帮她带回一个小包，皮皮一口答应。小包里是她从前与亡夫的通信和十一本日记，这是她流亡到法国后对故土的唯一牵挂，也是她与时间及遗忘抗争的唯一武器。但是皮皮变卦了，这个夏天哪儿也不去。

现在，那个有口臭的和善的年轻客人雨果，那个一直暗恋她而又不敢说的雨果，便成了她唯一的希望，因为他向她保证过，如果皮皮去不了，他会去布拉格，替她取回小包，即便是被捕也不怕。为此，她不惜委屈自己委身于他。然而雨果食言了。她冲向卫生间呕吐。此后，她放弃了取回小包的希望。再后来，我在雷恩的老城里四处转悠，想要找到她打工的那家小咖啡馆。

在"视野"的顶层，昆德拉完成了《笑忘录》，收入了塔米娜的故事，1979年在法国出版，为此被褫夺了捷克国籍，整整四十年后才恢复。在塔米娜的故事里，雨果夸口说"即便是被捕也不怕"，塔米娜安慰他不会有事的，并解释说，外国旅游者在她的国家一点儿危险都没有，那边，只有捷克人的生活才充满危险，而他们都习以为常了。

当时对外国人在捷克处境最有发言权的，可能非美国作家菲利普·罗斯莫属。在"布拉格之春"遭遇寒冬后，他每年春天都会去布拉格，结识了昆德拉与克里玛。捷克当时有二百个作家遭禁，一百四十五个历史学家丢了饭碗。克里玛驱车带他到街角的报摊去看作家卖烟卷，到公共建筑物那儿去看他们用拖把拖地，到建筑工地去看他们砌砖，到城外去看市政供水系统——他们在那儿穿着工装裤和靴子，迈着沉重的脚步走来走去，一个口袋里装着扳手，另一个口袋里装着书。但由于与他们见面，他被当局认为可疑，从1976年起，便被拒绝发给签证。直到十四年后的1990年2月，他才得以重访布拉格，与克里玛作了那个著名的对话，发表在当年4月12日《纽约书评》上（收入其《行话》，2001；又收入克里玛《布拉格精神》，1994）。他曾把早年在布拉格的经历写进了小说《布拉格狂欢》（1985）。其中写祖克曼教授受捷克流亡者西索夫斯基（我猜想原型就是昆德拉，或是昆德拉加塔米娜）委托，去布拉格取回其先父用意第绪语写成的二百篇小说手稿，这些小说有可能让世界多一个伟大的犹太作家。在创纪录的四十八小时内，祖克曼在布拉格经历了一连串咄咄怪事，与捷克人的接触遭到了全程监控，获取小说手稿的任务功败垂成，最后被当作"犹太复国主义特工"驱逐出境。

我以为，菲利普·罗斯的这部《布拉格狂欢》，回应了昆德拉的塔米娜故事，告诉读者，即使皮皮或雨果去成了布拉格，也完全可能是白搭，因为在那时的布拉格，外国人也会有事的，如果他们想指控你，就会指控你，什么理由都不需要。而且，任何东西都拿不出境（我至今还心疼我那被布拉格机场安检员无情没收的阿拉密斯须后水，而它在欧洲的其他任何机场通关时都没有发生过问题）。另外，昆德拉小说中的人物每以性放纵反抗占领，菲利普·罗斯的小说也对此作了极为夸张的表现和呼应，以女唐璜取代并对应了昆德拉的男唐璜。

同样过了四十多年，我也来到了布拉格。在这里那里的咖啡馆或小酒馆里，我见识了什么叫赫拉巴尔式的一言不发。可能得像他的杜卞卡那样，会得用捷克语说俚语粗话，才能打破那种阴冷的沉默，把他们个个的毛都捋顺。我想象菲利普·罗斯与昆德拉当年在咖啡馆或小酒馆里见面，每当侍者走近他们的餐桌，昆德拉便沉默不语，就像是一种不由自主的行为，即使一句话说到一半也是如此，哪怕他们的交谈是用外语进行的。这仿佛是一种本能的反应。因为这显得很奇怪，菲利普·罗斯问他为何这样，昆德拉回答说，"他们都是用心不良的举报者"……

（昆德拉《笑忘录》，王东亮译。菲利普·罗斯《行话》，蒋道超译；《布拉格狂欢》，郭国良译。克里玛《布拉格精神》，崔卫平译。赫拉巴尔《绝对恐惧：致杜卞卡》，李晖译。让－多米尼克·布里埃《米兰·昆德拉：一种作家人生》，刘云虹、许钧译。）

2021 年 12 月 26 日于沪上阅江楼

受辱的妻子

西方史学之父希罗多德的《历史》（约前430），一上来就记载了一个奇葩故事。

吕底亚人的国王、密尔索斯的儿子坎道列斯，把自己的妻子宠爱到这样的程度，以致认为她比世界上任何妇女都要美丽得多——至此为止他的脑筋还算正常，但接下来的事情就匪夷所思了。为了耳闻为虚眼见为实，他要自己最宠信的一个侍卫、达斯库洛斯的儿子巨吉斯，晚上到他的卧室来，亲眼看看他妻子的裸体，以证明他所言不虚。巨吉斯怎么拒绝都没用，不得已照国王说的做了。国王保证自己的妻子不会知道此事，但巨吉斯的偷窥还是被王妃发现了。"原来在吕底亚人中间，也就是在几乎所有异邦人中间，在自己裸体的时候被人看到，甚至对于男子来说，都被认为是一种奇耻大辱。"于是王妃把巨吉斯招来，向他摊牌说："巨吉斯，现在有两条道路摆在你跟前，随你选择。或者是你必须把坎道列斯杀死，这样就变成我的丈夫并取得吕底亚的王位；或者是现在就干脆死在这间屋子里，这样你今后就不会盲从你主公的一切命令，去看那你不应当看的事情了。你们两个人中间一定要死一个：或者是他死，因为他怂恿你干这样的事情；或者是你死，因为你看见了我的裸体，这样就破坏了我们的惯例。"巨吉斯经过激烈的思想斗争，最终选择了第一条道路。于是王妃规定，报复须在自己受辱处："向他下手的地方最好就是他叫你看到我的裸体的那个地方。"这样巨吉斯便杀死了坎道列斯，夺得了他的妃子和王国。

二千三百余年后，几万里外，一个日本作家，名叫芥川龙之介的，写了一篇小说《竹林中》（1922）。写一对武士夫妻行走山间，路遇强盗；强盗当着武士的面，强奸了他的妻子；最后，武士遇害，妻子出走，强盗被捕。小说采用了多重视角的写法，每个人对案情的叙述都不一致，但都自认是凶手（或自杀）。

强盗的版本："我并不曾打算要男人的命。可是正当我丢下伏在地上哭泣的女人，往竹林外头逃去的时候，那个女人突然像疯子一样抓住了我的胳膊，而且她断断续续地喊道，你也罢，我丈夫也罢，你们之间总得死一个。在两个男人面前丢丑，比死还痛苦。后来还气喘吁吁地说，不管是你们哪个活下来，我就情愿跟他。这时我猛地对那个男人动了杀机。"

武士鬼魂的版本："妻子犹如做梦一般被强盗牵着手往竹林外面走去的当儿，脸色忽然变得刷白，指着杉树脚下的我，像发疯了般地喊了好几遍：'请你把那个人杀掉。只要他活着，我就不能跟你在一块儿。’……妻子边这么叫喊着，边拉住强盗的胳膊……妻子落下的小刀就在我跟前闪着光。我把它拿在手里，朝着胸口一戳。”

武士妻子的版本："丈夫的眼神跟方才丝毫没有两样。在冰冷冷的轻蔑之下，蕴藏着憎恶的光。羞耻、悲哀、愤怒——简直不知道怎么形容当时我心里的感觉才好。我摇摇晃晃地站起来，走到丈夫身边。‘你呀，事情已经是这样了，我再也不能跟你在一块儿啦。我打算一死了之。可是……可是请你也死掉。你看到了我的耻辱，我不能让你一个人就这样活下去。’……我举起小刀，又对丈夫说了一遍：‘那么，请允许我先要了你的命，我随后就来。’"

把三个人的叙述连起来看，案情的真相就基本清楚了：武士妻子受辱以后，想要自己丈夫去死（三个人的说法完全一致）；要求强盗杀死丈夫（两个男人的说法），或者自己亲自动手（武士妻子的说法）；理由是在丈夫面前丢丑（两个男人的说法），或难以忍受丈夫的憎恶（武士妻子的说法）——除了凶手各说不同，杀人理由微殊（其实是一回事），核心情节都是一样的，那就是妻子受辱以后，心理发生突变，希望丈夫去死，而且就在受辱现场。

从这个核心情节出发，三人都自认是凶手（或自杀），其实符合内在逻辑，皆可得到合理解释。强盗当然是巨吉斯，不是他杀了武士，就是被武士杀了，结果他杀了武士；妻子遭到丈夫憎恶，恨不得丈夫去死，求人不如求己，于是亲自动手，在想象中或实际上；武士遭到妻子背叛，被谁杀都不如自杀，还能维护最后名誉……至于谁在那里说谎，凶手到底是谁，这得看作者安排了。作者就是上帝，安排谁都说得通，不安排谁都没辙，读者是无缘置喙的，也是无法代劳的。而就案件论案件，一个称职的法医，很容易从伤口的角度、深浅、形状，判断是自杀还是他杀，凶手是男人还是女人，凶器是小刀还是武士刀……破案并不困难。

《竹林中》取材于《今昔物语集》第二十九卷第二十三篇故事，但在其原型故事中，并无多重视角和上述情节，只表现了武士的窝囊无能，连自己的妻子都保护不了；《竹林中》更接近巨吉斯故事，像是巨吉斯故事的日本版，尤其是强盗讲述的那个版本。我们看到，将夫妻关系置于极限状态，表现妻子受辱后心理发生突变，想要丈夫去死以洗刷耻辱，从希罗多德到芥川龙之介一以贯之。

然而，多重视角吸引了读者的注意，大家都专注于做福尔摩斯，想要发现凶手到底是谁，却忽略了最关键的核心情节。换句话说，所谓的"多重视角"，既像是一种障眼法，又像是一个迷魂阵，遮蔽了小说的真正意图。

又后来，黑泽明以这个多重视角的故事为主干，加上芥川龙之介另一篇小说《罗生门》，拍成了电影《罗生门》（1950），成为电影史上的名作。与小说读者一样，电影观众也大都迷失于多重视角的迷宫，而忽略了受辱妻子要丈夫去死这个核心情节。

设想一下，如果希罗多德的《历史》也来个多重视角，比如国王、王妃和侍卫所说各不相同，估计后世读者也会迷失在其迷宫里的。好在没有。

尤其好在，透过巨吉斯故事，重新审视《竹林中》，我们得以穿越多重视角的迷宫，看清小说家所欲揭示的人性真相。

然而这又是多么触目惊心的真相啊，也许会让普天下的丈夫都惴惴不安的。

（希罗多德《历史》，王以铸译。芥川龙之介《竹林中》，文洁若译。）

2022年1月（《竹林中》发表百年）于沪上圆方阁
（原载2022年2月4日《新民晚报·夜光杯》，略有删节）

昨日的世界

　　孤陋寡闻的我以为，至少有两个欧洲人，从纳粹崛起之初，就不受任何蒙骗，不抱任何幻想——一个是丘吉尔，一个是茨威格。我们只说后者。

　　茨威格在纳粹上台后不久，就早早移居英国（1934）；至二战开始以后，更是远远流亡巴西（1940）。在流亡巴西前不久，他曾造访过那里，留下了美好的印象："巴西给我留下同样深刻的印象，也给了我很大的希望……第一次世界大战的遗毒还没有侵入到此地民族的风尚和精神中。那里的各族人民都和平地生活在一起，他们礼貌待人，不像我们欧洲，各民族之间存在着仇恨。那里的人不是由荒谬的血统论、种族论和出身论来划分的，而是大家一律平等。一种奇妙的预感使我事先就觉得，我可以在那里安静地生活……我已看到了自己的未来。"（《昨日的世界》，1942）而流亡巴西以后，由于他的文学名声，当地对他礼遇有加。"它如此友善，如此好客地给我和我的工作以休息场所。我对这个国家的热爱与日俱增。自从操我自己语言的世界对我来说业已沉

27

沦，而我的精神故乡欧罗巴亦已自我毁灭之后，我在这里比在任何地方都更愿意从头开始重建我的生活。"但让人绝对意想不到的是，既不置身于大战硝烟之中，又不处于纳粹魔爪之下的他，却在流亡巴西后不久，在这个"世外桃源"里，夫妻双双一起自杀了！

在其写于自杀当日的《绝命书》（1942年2月22日）中，在表达了上述对巴西的感谢后，茨威格陈述了自杀的理由："但是一个人年逾六十，再度完全重新开始，是需要特别的力量的，而我的力量却经过长年无家可归、浪迹天涯而消耗殆尽。所以我认为还不如及时不失尊严地结束我的生命为好。对我来说，脑力劳动是最纯粹的快乐，个人自由是这个世界上最崇高的财富。"而在他的回忆录《昨日的世界》中，类似的想法实已初露端倪："我过去的所有联系都被扯断了，过去所有的一切，曾经有过的一切，都被粉碎了……我感到了一生中从未有过的孤独。"但至少在写回忆录的时候，他还没有对世界完全绝望，对历史的重建仍抱有信心："我对自己说，不要单从欧洲的角度考虑问题，而是应该跳出欧洲来考虑问题；不要把自己埋葬在逐渐消亡的过去，而应该参与重建新的历史……如果说我最后一瞥看到战争将近，而对欧洲失去了信心，那么，我在南十字座下却又开始有了新的希望和新的信仰。"况且他的作品还有美国市场："当希特勒践踏了欧洲的一切，我失去了我真正的故乡，德国故乡和欧洲故乡之后，是他（一个美国出版商）为我建造了一个文字的故乡。"但他还是走出了那致命的一步。

对其《绝命书》中所说的理由，我们不免感到深深的矛盾，似乎既可以理解，又难以理解。说可以理解，是知道他已筋疲力尽，畏惧开始新的生活；说难以理解，是他本可以选择休息，实无必要走上死路。尤其是，二战在三年后就结束了，世界人民战胜了法西斯。

其实，早在自杀的三十二年前，他就写过一篇预言式的小说，那就是《贵妇失宠》（1910），其中似乎有一把隐秘的钥匙，有助于理解他的自杀。

波旁公爵被路易十五褫夺了权力，其情人德·普里夫人因此失宠，回到了诺曼底她自己的庄园。两年来是她统治了整个的法兰西，她愿意相信失宠只是暂时的，她已经预先尝到了复仇的快乐。但是从此没有人再理睬她，她发出去的信件都石沉大海，巴黎社交界已经把她遗忘。她尝试着过悠闲的庄园生活，但实在适应不了无所事事，不能忍受没有权势和奉承。在当过法国的女主人之后，她无法在庄园里充当农妇。可是过去的生活一去不回，而放逐的岁月无穷无尽。绝望之余，她自导自演了一出闹剧，预言了自己的死亡日期，到了那天果然服毒身亡。然而讽刺的是，她自杀的消息没有激起任何涟漪，巴黎被一场精彩的魔术表演征服，转眼就忘了德·普里夫人的下场。

历史上失宠的贵妇多了去了，但只有茨威格笔下的这个贵妇，难以忍受巨大的落差和无尽的孤寂，竟不惜以身家性命相搏，甘愿为过去的生活殉葬。茨威格是把自己的性情赋予了她，才写出了这样一篇激烈的小说，也预言了自己三十二年后的命运吗？

如果把茨威格比作贵妇，那么德语世界和整个欧洲，就是他曾君临的法兰西。此前他一直用德语写作，把自己的岁月变成作品，在欧洲拥有广大的读者，活在读者的热爱之中，每篇小说杰作的诞生，都是读者的盛大节日，也是他收获荣耀之时；然而现在他"失宠"了，巴西成了他的诺曼底庄园。尽管他生命无虞，衣食无忧，名声无恙，却没有机会出版，也不再拥有读者。昨日的世界随风而逝，孤寂的他已生无可恋。

当时，与茨威格处境类似的作家肯定很多，比如同是奥地利犹太作家的布洛赫，在希特勒上台后去了美国，并在美国度过了余生。昆德拉如此评价布洛赫此举的后果："在这样的情况下，他的作品失去了原本的读者大众，被剥夺了跟一个正常的文学生活接触的机会，也不再能够在时代里扮演作品的角色：在作品的周围聚集一个追随者与行家的读者社群，创造一个流派，影响其他作家。"（《〈梦游者〉启发的笔记》，1986）这也正是茨威格可能面临的困境，所不同的仅是，布洛赫并未像茨威格那般走极端。

另外我们隐约感到，昆德拉的上述这番话，也许也是其夫子自道，他正是因此而改变了用母语写作的习惯，转而用新的社会处境里的法语写作，以适应并创造新的读者社群及文学生活，最后终于获得成功的。"对于实际上不再拥有捷克读者的我来说，译本更是代表了一切。"他在《七十三个词》（1986）一文里曾这样说过。

也顺便说下，不仅茨威格，许多文人都在作品里预言了自己的命运：普希金的连斯基决斗身亡，杰克·伦敦的马丁·伊登自我了断，谢阁兰的勒内·莱斯死因成谜，帕斯捷尔纳克的施密特中尉横遭迫害……以致帕斯捷尔纳克曾向叶甫图申科建议："永远不要书写关于个人死亡的诗，也不要预言自己的命运，因为这些全都会应验！"（贝科夫《帕斯捷尔纳克传》）

但与那个被人转瞬即忘的贵妇不同，茨威格从来没有被读者遗忘。即使已经过去了整整八十年，我们仍在这里谈论他和他的小说。只是我们为他感到深深的惋惜，竟以如此方式告别昨日的世界。

（茨威格《昨日的世界》，徐友敬等译；《绝命书》《贵妇失宠》，张玉书译。昆德拉《小说的艺术》，尉迟秀译。贝科夫《帕斯捷尔纳克传》，王嘎译。）

2022 年 2 月 4—6 日于沪上阅江楼
（原载 2022 年 8 月 26 日《新民晚报·夜光杯》，略有删节）

洛丽塔与拉拉

　　"洛丽塔是我的生命之光，欲望之火，同时也是我的罪恶，我的灵魂。"纳博科夫讨厌"教诲小说"，自称既不读教诲小说，也不写教诲小说，其《洛丽塔》并不带有道德说教；但在该小说的最后，纳氏还是曲终奏雅，让亨伯特反省了自己的罪孽，并枪杀了另一个坏蛋奎尔蒂。他让亨伯特充满激情地忏悔，自己剥夺了洛丽塔的童年，干脆毁了她的一生，让她生活在邪恶的天地里，为此感到无可救药的痛苦："什么也不能使我的洛丽塔忘掉我强行使她遭受的那种罪恶的淫欲。""在我们反常、下流的同居生活中，我的墨守成规的洛丽塔渐渐清楚地明白：就连最悲惨痛苦的家庭生活也比乱伦的乌七八糟的生活要好，而这种生活结果却是我能给予这个无家可归的孩子最好的东西。"而洛丽塔也终于迷途知返，拒绝了亨伯特的最后诱惑，开始了憔悴不堪的新生活。

　　《洛丽塔》的内容实在惊世骇俗，以致最初只能在法国出版（1955）。等到三年后终于能在美国出版了，并迅速占据了畅销书榜榜首，不料一位俄罗斯老乡横刀杀出，那就是帕斯捷尔纳克，其《日瓦戈医生》的英文版，仅比《洛丽塔》晚四周上市，马上也进入了畅销书榜，六周后即超越了《洛丽塔》，此后稳居畅销书榜榜首。纳氏或曾想靠《洛丽塔》问鼎诺奖，结果该年诺奖花落帕氏。如此撞车，纳氏一定会有瑜亮之叹吧？所以听说，他对《日瓦戈医生》从无好话。

不过有件事或许能让他稍感释怀：《洛丽塔》与《日瓦戈医生》的巨额版税，让两位作者都成了百万富翁，但纳氏得以辞去教职，晚年衣食无忧，而帕氏生前却一文未得，生活陷于拮据。另一件事或许也能让他稍获安慰：十四年后，1972年4月12日，他的另一位俄罗斯老乡索尔仁尼琴，两年前刚刚获得诺奖的，致函瑞典王家科学院，推荐他为诺奖候选人，推荐信不乏溢美之词："这位作家的文学才华光彩夺目，他正是我们称之为天才的那种作家……他完全是位卓尔不群的作家，他的作品字里行间流泻出他那真正卓越、无与伦比的才华特征……"（萨拉斯金娜《索尔仁尼琴传》）虽可惜人家没听索尔仁尼琴的，但毕竟还有老乡对其惺惺相惜。

再顺便说一句，这两部题材、主题都截然不同的小说，最初在本国遭禁的命运却高度一致，尽管一个是所谓的"铁幕"国家，另一个则是所谓的"民主"国家。而有意思的是，就在《洛丽塔》在美国的出版遭遇重重阻碍时，中情局却正忙着推动《日瓦戈医生》俄文版的出版，希望借此去搅动和扰乱"铁幕"后面的世界。

但似乎从没有人注意到，在截然不同的外表下面，俄罗斯老乡的这两部杰作，其实却有着一个很大的共同点，那就是女主人公命运的高度相似：拉拉的遭遇科马罗夫斯基，正如洛丽塔遇到了变态亨伯特，两个未成年少女都毁了一生。"你问我是什么样的人。我受过创伤，我的创伤终身都无法愈合。我遭到一个坏蛋的摧残，过早地失去了童贞，使我从最坏的方面进入人生，使我接触到最虚伪、最下流的东西。""我觉得要看到人生的美，需要有淳朴的想象，真挚的感受，而我这些都已被剥夺了。如果一开始我不是用别人鄙俗的眼光去认识人生，也许我会有自己的人生观。"科马洛夫斯基自己也承认，他严重地摧残了拉拉的一生。不仅如此，他也败坏了她后来的婚姻，乃至毁了她那相爱的丈夫。"由于我这一生一开始就受到这个以满足私欲为乐的卑鄙庸俗的家伙的干扰，所以当我后来和一个出类拔萃的人物结婚时，也没有感到这个婚姻的美满，虽然我们彼此十分相爱。"

　　正如洛丽塔逃离了亨伯特，拉拉也不甘心听凭摆布，奋力从中摆脱出来，甚至向她的"灾星"开枪。"她拼命地挣扎、反抗、搏斗，是想改变自己的命运，重新掌握自己的命运。"她后来遇到了好人，先是她的丈夫巴沙，然后是情人日瓦戈，他们都深爱着她，她由此得到了救赎。我们猜想，如果洛丽塔大难不死（按照小说叙述者的设定，她活着此书便不会公开；而此书既然已经问世，则说明她已离开人世），应该也会有正常的生活,跟她的丈夫生儿育女,把少女时的阴影抛在身后。

拉拉在瓦雷金诺离开日瓦戈,被她的"灾星"骗去远东,直到多年后才回到莫斯科。小说没有写其间她遭遇了什么,但她在日瓦戈灵柩前的哭诉,撕开了悲惨遭遇的冰山一角:"从那以后一切都化为乌有。天啊,我吃了多少苦,受了多少罪!但你什么也不知道。啊,我干了些什么,尤拉,干了些什么哟!我罪孽深重,你一无所知!但这不是我的过错……我悔恨,我痛苦,我的心没有片刻的安宁。不过我还没把最主要的事告诉你。我说不出口,我缺乏勇气。每当我想到我生活中的这一段,我会吓得毛骨悚然。我甚至怀疑我的精神是否正常。"还能怎么理解她这期间的生活呢?洛丽塔如果回到亨伯特身边,其悲惨处境是否也仍将延续?

而且,与把洛丽塔看成"可怕的小妖精"的误解不同,纳氏把她写成了像拉拉一样本性良善的好女孩,对此纳氏夫人薇拉的日记里有中肯的分析:"我希望,我们应该注意到那些温柔的描写:这个小孩子的无助,她对恶魔亨伯特的可悲依靠,她踏上逃亡路的撕心裂肺的勇气,她那贫贱但本质上纯洁健康的婚姻,她的信和她的狗。我们还应该注意到,亨伯特骗去她贞操、说会享受一点点快乐时,她脸上可怕的表情。可惜,批评家全都没有看见,'这个可怕的小妖精'洛丽塔,本质上是一个很好的女孩。他们不愿意看见,在被如此可怕地碾压过后,她依然能够站起来,按照她的心愿,与贫穷的迪克共同体面地生活。"（史黛西·希芙《薇拉：符拉基米尔·纳博科夫夫人》）薇拉在意无依无靠的洛丽塔，强调她在这个世界上很孤单，生活中没有一个亲人。她悲叹于这个小仙女的不幸命运，认为这个小女孩应居于以她名字命名的小说的中心。

而纳氏厉害的地方，在于他注意到了事情的另一面：即使在堕落之中，也不是只有屈辱的，而是也会有心醉神迷。拉拉还会挣扎，但朝另一个方向，朝受诱惑的方向。"啊，这真是中了邪魔呀！假如科马罗夫斯基闯进拉莉莎的生活，引起的只是她的厌恶的话，她会起来反抗、挣脱他的。但是事情却不这么简单。她感到得意的是，一个论年龄可以给她做父亲的头发斑白的美男子，一个常常在大会上受到鼓掌欢迎、报纸上常常报道的人，竟会为她花费金钱和时间，称她天使，带她上戏院或音乐厅，让她'见世面'。因为她还是一个穿棕色长衣的未成年的中学生呀，只懂得天真烂漫地开开玩笑，淘淘气。科马罗夫斯基在马车里当着车夫的面或者在剧院包厢里在众目睽睽之下大胆地勾引她，都使她心醉，使她那沉睡的芳心不住地跳动。"这是因为科马罗夫斯基满足了她的虚荣心吧。

尚为中学生的尤拉初次见到同为中学生的拉拉，便见证了她与科马罗夫斯基充满情欲的暧昧一幕。"灯光一照，姑娘醒了。她对那人笑了笑，就眯起眼睛，伸了个懒腰……这时姑娘和那个男子演起了哑剧。他们彼此一句话也不说，只是交换目光。但是他们的互相理解却是惊人的和神奇的，仿佛他是个木偶戏演员，她就是听从他摆弄的木偶。一副疲倦的笑容出现在她的脸上，她半闭起眼睛，嘴唇微微张开。但是她看见那男人讥笑的目光，便会心地朝他调皮地挤了挤眼睛。他们高兴的是，一切都平安无事地过去了，他们的秘事没有被揭穿，而且服毒的人也没有死……姑娘那种俯首帖耳的情景，真是神秘得不可思议，而且又露骨到不知羞耻的程度。"尤拉牢牢地盯着他俩，初次体验到了他们平时称之为"下流"的情欲，那种又可怕又吸引人，又能无情地冲毁一切，又如怨如诉、向人呼唤的力量。

虽然拉拉这种学生时期的胡闹的热劲儿很快就过去了，沮丧心情和害怕心情牢牢扎下了根，但上述这些描写和叙述，使得拉拉的形象和悲剧具有了一种丰满的立体感。

至于洛丽塔与拉拉本人究竟会怎么想，纳氏与帕氏作为男人毕竟只能是悬想，也许林奕含的《房思琪的初恋乐园》（2017）可以提供女性视角。房思琪知道色狼老师那个不是爱情，可是除此之外她不知道还有别的爱情；她不知道谈恋爱要先暧昧，暧昧之后要告白，告白之后可以牵手，牵手之后可以接吻……不仅是谈恋爱，她就连那种最庸俗、呆钝、刻板的人生都没有办法经历。林奕含的悲痛正印证了拉拉的悲痛，也旁证了纳氏让亨伯特所作的忏悔。

我想纳氏肯定不会料到，而且也一定不愿意承认，他视为对手的俄罗斯老乡，与他几乎是在同一个时期，塑造了一个相似的人物形象，处理了一对相似的人物关系，只是置于不同的时代和国度，赋予了不同的主题和比重，最后其实仍然是殊途同归。

　　（纳博科夫《洛丽塔》，主万译。帕斯捷尔纳克《日瓦戈医生》，力冈、冀刚译。萨拉斯金娜《索尔仁尼琴传》，任光宣译。史黛西·希芙《薇拉：符拉基米尔·纳博科夫夫人》，李小均。）

2022 年 2 月 8 日于沪上阅江楼

笼子寻鸟

　　"啊！"老鼠说，"世界天天在变，变得越来越窄小，最初它大得使我害怕，我不停地跑，很快地在远处左右两边都出现了墙壁，而现在——从我开始跑到现在还没多久——我已经到了给我指定的这个房间了，那边角落里有一个捕鼠器，我正在往里跑，我径直跑进夹子里来了。"——"你只需改变一下跑的方向。"猫说，说着就一口把老鼠吃了。

　　这是卡夫卡讲的一个小故事，名叫《小寓言》（生前未刊），这里我们抄得一字不落。我们看到了什么？老鼠自己找死！它只需改变一下跑的方向，它只需不跑进指定的房间，它只需不往捕鼠器里跑，它就不会被猫一口吃掉；但它不会改变跑的方向，它不会不跑进指定的房间，它不会不往捕鼠器里跑，所以它只能被猫一口吃掉。怪谁呢？怪自己！

　　一个乡下人来到法的门前，法的大门敞开着，他想要进去，守门人不让。守门人说，以后也许可以，但现在不行。乡下人探头探脑，守门人又说，你可以不顾我的禁令，试试往里硬闯，不过我很强大哦；况且里面还有好几道门，守门人一个比一个强大。乡下人气馁了，决定还是等待。但是一天又一天，一年又一年，现在总是不行，"以后"永远不来，怎么磨叽都没用。最后，乡下人到了弥留之际，问了最后一个问题："这许多年来，除了我以外，怎么就没见有别人要进去呢？"守门人回答："这儿除了你，谁都不许进去，因为这道门只是为你开的。我现在要去关上它了。"

这是卡夫卡讲的另一个故事，名叫《在法的门前》（1916），这里我们简述了其概要。我们看到了什么？乡下人太听话了！守门人讲什么，他就信什么；守门人不允许，他就不敢动；守门人让他等，他就耐心等……他没试过不听，他没试过不信，他没试过不理……尤为关键的是，他从没有想过，他可以转身离去，爱上哪就上哪。于是他终于一辈子耗在了法的门前。怪谁呢？怪自己！

卡夫卡讲的另一个故事更长，名叫《变形记》（1915），我们只能概述一下要点。一天清晨，旅行推销员格里高尔一梦醒来，发现自己变成了一只大甲虫；然后他就被困在甲虫的躯壳里，经过几个月徒劳的挣扎后死去了。

卡夫卡大概经常觉得自己像一只甲虫。在《乡村婚礼筹备》（生前未刊）里，不想去而必须去乡下筹备婚礼的拉班，希望只需把自己穿了衣服的躯体打发去就行，而自己的真身则躺在自己的床上像一只大甲虫；在那封长达三万字的致父亲的信（生前未刊）里，卡夫卡感觉自己在父亲眼里就像是一只甲虫。

然而，为啥是变成甲虫而不是其他的什么呢？在康奈尔大学的欧洲文学大师课上，作为准昆虫学家的纳博科夫，仔细地画出了甲虫的俯视和侧视图，然后得意地告诉他的学生们，他的极好的发现值得他们珍视一辈子：

"甲虫在身上的硬壳下藏着不太灵活的小翅膀，展开后可以载着它跌跌撞撞地飞上好几英里。奇怪的是，甲虫格里高尔从来没有发现他背上的硬壳下有翅膀——有些格里高尔们，有些张三李四们，就是不知道自己还有翅膀！"（《文学讲稿》）

好了，还要我说下去吗？老鼠，乡下人，格里高尔……那就是我们！我们从未想过可以改变一下跑的方向，可以试试径直走进法的大门，或者干脆转身离去，也不知道自己还有翅膀可以飞……我们都是等着笼子来找到我们的鸟！

"你也长过翅膀，可是你把它们摘掉了。""它们到哪里去了，我的翅膀？"在卡夫卡《变形记》问世的半个多世纪前，冈察洛夫就这样谈论过翅膀，在他的《奥勃洛摩夫》（1859）里。

曾经，在很久以前，沿着一个波兰村子的街道走着，看到鸭子在一个可悲的水坑里戏水，我不禁若有所思。我感到吃惊是因为附近有一条可爱的溪流穿过一片桤木林。"为什么它们不到那条溪里去呢？"我问一个坐在其茅屋门口凳子上的农民。他回答说："呸，要是它们知道就好了！"

这是在卡夫卡《变形记》问世的半个多世纪后，米沃什讲的一个卡夫卡式的小故事，该文有一个长长的标题：《一篇作者承认因为没有任何更好的东西所以他选择站在人这边的文章》（1969）。

如果"我"是庄子，"我"也许会说，那个农民，还有"我"自己，难道不也是鸭子吗？

"这是一帮什么样的家伙啊！他们也思考吗？或者他们只是失魂落魄踟蹰于大地之上？"（卡夫卡《舵手》，生前未刊）

（《卡夫卡中短篇小说选》，叶廷芳等译。纳博科夫《文学讲稿》，申慧辉等译。冈察洛夫《奥勃洛摩夫》，齐蜀夫译。米沃什《站在人这边：米沃什五十年文选》，黄灿然译。）

2022 年 2 月 8 日于沪上阅江楼

红袖添香

陀思妥耶夫斯基对安娜——渴望"红袖添香"而不得：

"当第一次在自己家见到她，看着她未谙世事、清纯的脸庞，他就坚信，这个一脸学生样的姑娘一定会永远留在他身边，成为他的妻子，任何时候他都可以去靠近，去吻她的头发和脸蛋，这一预感在她头一回坐在他书房圆桌前就莫名地产生了，当时她歪着头，认真地记录着他用干哑的嗓音说出的每一句话……

"难道她就不能在每晚他思路最为活跃的时候来书桌旁坐上哪怕半个小时吗？——她非得去另外一个房间……

"——她宁愿跟茨姆曼太太这个头脑简单又爱搬弄是非的瑞士女人滔滔不绝地聊上半天毫无意义的事，也不愿陪他坐上一小会儿，——有一回他一如既往地戳穿她之后，她到底去书桌旁坐了，但他都不消抬头便能猜到，她的眼皮在打架，她在努力驱逐睡意……

"这个不情愿陪自己坐的女人，——他不需要她的施舍——费佳'噢'地站起来，指着安娜喊，她坐在这里根本

43

就是出于报复，她坐在这里就是为了让他不痛快，他深知这一指责的荒唐，可是越是如此，就越想声嘶力竭地喊出来——他要让所有人都听到，尤其是她的好友，那个可恶的茨姆曼太太！"（茨普金《巴登夏日》，1982）

——安娜作为陀思妥耶夫斯基深爱的第二任夫人，在陀氏后期生活与创作中发挥了巨大的作用。

卡夫卡致菲莉丝——害怕"红袖添香"而逃避：

"为了证明'开夜车'不管在哪儿，即使在遥远的中国，也是男人的专利，我去隔壁房间书箱里取本书，给你抄一首中国小诗。噢，找到了：这是诗人袁子才的诗……下面就是这首诗，题为《寒夜》：'寒夜读书忘却眠，锦衾香烬炉无烟。美人含怒夺灯去，问郎知是几更天？'怎么样？这首诗必须细细品味。"（1912 年 11 月 24 日）

"你曾说，你想在我写作的时候坐在我身旁。请注意，那样我就没法写了，完完全全写不了。写作，意味着把自我展现至极致，意味着最大程度袒露心扉，交出自己……所以在写作的时候，越孤单越好，越寂静越好，夜越长越好。人之所以老嫌时间不够用，是因为长路漫漫且方向易失；有时我们甚至感到恐惧，即便没有外来压力和诱惑，我们也可能心生退意（日后总是遭到严惩的退意），若挚爱的人突然献给我们一吻，那更是了不得的诱惑！"（1913 年 1 月 14—15 日）

"如果那位女子是他妻子，而且那一晚也只是无数同样

夜晚中的一个，甚至不仅是所有夜晚，而是他们在一起整个
生活的写照——为了那盏灯而争吵不休的生活，那么情况会
怎样呢？读者还能对此会心一笑吗？……而妻子呢，却总是
有权利，要求的不只是一次胜利，而是她的存在感，但这是
那位沉迷于书本的诗人不能给予的。即使他可能看书只是做
做样子，而日日夜夜心里想的却是他的妻子，爱她超过一切，
但他的爱带有与生俱来的不足……最最亲爱的，我从未意识
到这其实是多么可怕的一首诗啊。"（1913 年 1 月 21—22 日）

——卡夫卡与菲莉丝五年内两度订婚两度解约。

"红袖添香"是"福"还是"祸"，到底取决于何种因
素？参照陀氏与安娜之例，卡夫卡果如世人所理解的那样，
乃是为了写作而放弃了婚姻吗？还是因为他根本就不爱菲莉
丝呢？

（茨普金《巴登夏日》，万丽娜译。《致菲莉丝情书》，卢永华
等译，叶廷芳校。莱纳·施塔赫《卡夫卡传：关键岁月》，黄雪媛、
程卫平译。）

2023 年 1 月 9 日于沪上阅江楼

主编的回信

亲爱的尼基塔·巴尔马绍夫同志：

编辑部收到了你的来信，大家读了都无比激动，为了我们有这么好的战士，为了我们的战士觉悟这么高。大家一致认为，你给了女私盐贩子一枪，从劳动者的土地上，从共和国的面容上，洗去了这个耻辱，是做了一件绝对正确的事。我们都要向你学习，并且响应你的号召，对待一切叛徒绝不心慈手软。

你的来信也再次证明，在骑兵军的问题上，你们军长布琼尼的观点是错的，他认为巴别尔污蔑了你们的形象，把你们写得像马赫诺匪帮；而大文豪高尔基的观点则是对的，他说巴别尔美化了你们的内心，比果戈理对扎波罗热哥萨克所做的更好更真，从而激起了他对你们的热爱和尊敬。

你的先进事迹明天将会见报。布琼尼军长也已经听了汇报。我们打算安排你做巡回报告，让我们的哥萨克兄弟受受教育，他们有时候立场有点不稳（那两个姑娘把你们告了，不过我们觉得这倒不算啥事）。

法斯托夫苏维埃已确认了女私盐贩子的身份，原来她就是你从出生起就离散、近年来一直在寻找的生母，她当年因为贫困而把你卖给了哥萨克。在她包裹罪恶的私盐的包袱布里，发现了已漫漶不清的你的出生证明，我们这才知道了她跟你的关系。此外还有一份铅笔手写的账单，记载着她罪恶的私盐买卖的不法收入，下面写着找到你后给你娶媳妇用（两份文件随信同封，不法收入已经没收）。由此看来，她也一直在到处寻找你，找到你后肯定会拖你后腿。

但请你千万放心，这完全不影响你的先进事迹，因为虽然你不知道她的身份，所以谈不上什么大义灭亲，但我们完全相信你的觉悟，即使知道了她是你的生母，你也会毫不犹豫这么做的！

最后，大家也让我提醒你，你也不能居功自傲了，不能就此停下前进的步伐。因为只要你停止了进步，就会被历史的车轮无情碾碎。届时你那杆忠心耿耿的枪，也会反过来给你一枪，就像你给那个女私盐贩子的。而且你肯定还记得，在列宁同志拨正它的方向之前，你的刺刀曾经为帝国主义服务，扎进过错误的肠子和肠网膜。历史的教训值得汲取，忘记历史意味着背叛，以史为鉴才能知兴替。与你共勉。

此致

布礼！

《红色骑兵报》主编阿·平斯基敬上

19××年2月9日

　　《红色骑兵报》编辑部附记：巴尔马绍夫同志的来信，以《盐》为题，收入了巴别尔的《骑兵军》（1926），读者可以参看。另外，巴尔马绍夫同志居功自傲，后来果然犯了错误，在负伤住院治疗期间，不服从医护人员的措置，向医院小仓库发动了进攻，打碎了其门上的三块玻璃。但经过详细调查和审问，发现其出发点还是好的，是因为过于担心发生叛变。其回答侦察员同志的自辩词，以《叛变》为题，也收入了巴别尔的《骑兵军》，读者可以参看。巴尔马绍夫同志简历如下：成长于库班州的哥萨克村镇圣伊凡镇，1914年以前一直在家帮助养父母种田，1914年加入沙俄军队，十月革命后投诚红军，并成为布尔什维克，党证第2400号，由克拉斯诺达尔党委颁发。其养父母皆为农民；生父不详，生母私盐贩子，被其亲手击毙。

　　（巴别尔《骑兵军》，戴骢译。）

2022年2月9日于沪上阅江楼

"我了解他们"

　　帕斯捷尔纳克《日瓦戈医生》（1957）的出版一波三折。因为国内禁止出版，而在西方率先出版，造成了苏联当局的被动，也给帕氏带来了巨大的压力。而之所以在国内出版不成，是因为赫鲁晓夫下了禁令。但赫氏后来为自己辩解说，他是上了苏斯洛夫的当："这部作品的问题是怎样解决的呢？苏斯洛夫向我做了汇报，他主管我国的宣传鼓动工作。在这些问题上离开苏斯洛夫还真不行。他汇报说，这部作品不好，不符合苏维埃精神。他的具体论据我记不清了，又不想虚构。总之，是一部不值得重视的作品，不必出版。就做出了这样的决定……当然，这样来评判创作、决定作品及其创作者的命运，是不能容许的！有人会问我，当时你自己在哪儿呢……我感到遗憾的是，在我可以对于是否出版、是否接受汇报人观点的决定施加影响的时候，我却没有亲自读过这本书。我没有读过就相信了，就采取了对于创作者最有害的行政措施。小说被禁止了。禁止了……自然，国外是一片哗然，闹得沸沸扬扬。手稿到了那边，并且出版了。"（《赫鲁晓夫回忆录》）

流年暗换。又过了约十年，从 1966 年 8 月起，已经下野的赫氏开始口授自己的回忆录。他不止一次对儿子谢尔盖表达了自己的担忧："他们不会容许这件事情的，我了解他们……"谢尔盖特地说明道，"他们"指的是当时的苏联领导人勃列日涅夫、苏斯洛夫等人，他们不会允许他父亲撰写、更不要说出版回忆录了（谢尔盖《赫鲁晓夫回忆录》序）。有意思的是，苏斯洛夫的名字再度出现；更有意思的是，赫氏说的那句"我了解他们"——他为什么会这么言之凿凿呢？因为他就曾是"他们"中的一员，深知"他们"会做他做过的事情。他此时应该会想起十来年前，自己是怎么对待《日瓦戈医生》的，同一个苏斯洛夫做了执行者。报应来得很快，下野了的傲慢的权力者，现在也尝到了权力的傲慢。

也许只是到了这个时候，赫氏也陷入了帕氏的困境，才终于理解了帕氏的心情，所以他才会在回忆录里，坦承自己的失误和失策，顺便也诿过于苏斯洛夫——苏斯洛夫曾经在自己的指使下迫害过帕氏，现在也将在勃列日涅夫的指使下迫害自己。"我觉得遗憾的是这部作品没有发表。不能以警察的方式去给创作者下判决书。设若《日瓦戈医生》当时就发表了，还会发生什么特别的事情吗？什么也不会发生，我敢肯定！有人会反驳我说：'你醒悟得太晚了。'是晚了，然而晚了总比没有好。我在此类问题上不该支持苏斯洛夫的。对作者承认与否，就让读者去决定吧。结果是另外一种情况：

作者付出了劳动，得到全世界的承认，苏联却用行政手段加以禁止……我无法原谅自己的是，它在我国成了禁书……把书禁了，相信了那些按职责应当对艺术作品进行监视的人。正是这一禁令带来了诸多祸害,给苏联造成了直接损失。"(《赫鲁晓夫回忆录》) 这些话，怎么看都像是赫氏在为自己的回忆录辩护，而那太晚了却比没有好的醒悟，或许也正是从他自己回忆录的遭遇中产生的。

"手稿到了那边，并且出版了。"也许，赫氏也从《日瓦戈医生》的出版过程中学到了点什么。"父亲和我都很明白，如果不将回忆录送往西方国家，我们的全部努力都可能付诸东流。"（谢尔盖《赫鲁晓夫回忆录》序）"就算最先在那边问世吧，总有一天这边也能看到。"（谢尔盖《回忆录写作出版经过》）这正是十年前帕氏的觉悟和决心："小说必须出版，如果我们这边不出，那就在西方出……只要小说能出版，他就愿意面对一切不愉快的事。"（伊文斯卡娅《时间的俘虏》）他们如帕氏般幸运地找到了一些愿意提供协助的人，陆续将数十卷、二百多小时的录音磁带和近四千打字页的稿件送到了国外。"果然，1970 年 7 月（11 日），克格勃没收了手稿和录音磁带。工作中断了。然而当局这一举动却推动了回忆录在西方、在美国的发表。那边已经保存有回忆录的'备用'副本。"（谢尔盖《赫鲁晓夫回忆录》序）"那边"的效率很高，10 月公布了出书消息，11 月 23 日起开始在《时代》杂志上连载，12月21日英文版第一卷上市，翌年1月赫氏便见到了样书，而八个月后他就去世了。他总算是幸运的，一如命运多舛的帕氏，活着看到了回忆录的出版，了却了晚年的一桩心事。

不过，谢尔盖想到的却是与另一个人的对比："父亲的整个遭遇、撰写和出版他的回忆录的种种波折，不管说来多么奇怪，却与另一位俄国国务活动家谢尔盖·尤里耶维奇·维特的回忆录颇为相似……两人都在当局的直接反对下私自撰写回忆录。甚至这两位国务活动家的回忆录也都是先在国外出版，而在祖国面世已是多年之后……"（谢尔盖《赫鲁晓夫回忆录》序）只不知那位沙俄的国务活动家是否也禁止过别人书的出版？

可近在眼前的《日瓦戈医生》又怎么绕得过去呢？当赫氏因在西方出版回忆录而饱受攻击之时，谢尔盖自然也想起了十年前帕氏的不幸遭遇："就在十年以前，把自己手稿交给意大利出版商的帕斯捷尔纳克还受到猛烈抨击呢。"（谢尔盖《回忆录写作出版经过》）但他难道不知道吗，帕氏在国外出版《日瓦戈医生》后所受到的猛烈抨击，就是他父亲一手造成的？而这一切，很可能间接促成了帕氏的死亡？"程序一经启动，迫害就不会停止，唯有最高领导人的决定才能使之中断，但赫鲁晓夫并未下达这样的指令。"（贝科夫《帕斯捷尔纳克传》）赫氏为何紧咬住帕氏不放？其中似乎另有隐情：帕氏看得起斯大林，却看不起赫氏；斯大林博览群书，赫氏却从不读书。"曾经有多少次，他（帕氏）在亲朋好友中间把赫鲁晓夫称作'傻瓜和猪'，如今，他终于得到了真正的最高级别的回应。"（同上）在伊文斯卡娅的请求下，帕氏给赫氏写了封"求饶"信，以为只要服了软，赫氏就会接见他，亲自解决他的问题。但他想得太天真了，赫氏不肯屈尊纡贵。所以归根结底，禁止《日瓦戈医生》在国内出版乃至迫害帕氏的始作俑者，无疑正是对于帕氏及《日瓦戈医生》异常反感的赫氏本人，而苏斯洛夫不过是执行者而已。要不然，数年后赫氏力排包括苏斯洛夫在内的众议，拍板让索尔仁尼琴的《伊凡·杰尼索维奇的一天》（1962）出版，那又怎么说呢？"它激起了人们对于斯大林治下劳改营发生的事情、对于伊万·杰尼索维奇和他的朋友们在劳改营内的生存条件的憎恶。"（《赫鲁晓夫回忆录》）也就是说，它正好呼应和印证了赫氏在苏共二十大上的报告，而这就是赫氏区别对待索氏与帕氏的理由了。讽刺的是，帕氏躲过了斯大林的"冰冻"，却没能躲过赫氏的"解冻"。而且在帕氏死后，迫害并未停止，其亲人继续遭殃。

我们不禁悬想，如果赫氏回忆录与《日瓦戈医生》的出版时间调个个儿，又会怎样呢？许多事情，不轮到自己，是不会知道的，也是不会懂的。

顺便说一下，就在赫氏回忆录写作和出版风波的前后，索尔仁尼琴的《癌病房》（1968）、《第一圈》（1968）、《1914年8月》（1971）、《古拉格群岛》（1973）等，也重演了《日瓦戈医生》、赫氏回忆录等率先在国外出版的历史。对此赫氏也心知肚明："至于说到索尔仁尼琴，那么他仍在继续写作，只是他的作品不在我国发表，而是在国外发表。"（《赫鲁晓夫回忆录》）

另外，赫氏在任期间，同样放任苏斯洛夫肆虐，虽没有逮捕格罗斯曼其人，却"逮捕"了《生活与命运》其书，致使格罗斯曼郁郁而终，生前未能看到该书出版。格罗斯曼曾致书赫氏："我花毕生心血写成的书正在坐牢……请你把自由还给我的书。"该书与《日瓦戈医生》一起，成为赫氏任上禁书双璧，也是其洗刷不掉的污点，但赫氏回忆录中未曾涉及。

《日瓦戈医生》在国外出版后，过了三十来年才在国内出版（1988）；赫氏回忆录在国外出版后，也过了近三十年才有国内版（1999）。其间二者都已经有了许多的外文版，而本国读者可能是最晚才读到它们的。格罗斯曼的《生活与命运》也是这样，先在国外（1979）后在国内（1988）问世。这全是因了权力者的傲慢和愚蠢，而赫氏则难得地同时成了加害者和受害者。

（保罗·曼科苏《日瓦戈医生出版记》，初金一译。伊文斯卡娅

《时间的俘虏》，李莎、黄柱宇、唐伯讷译。《赫鲁晓夫回忆录》，述弢、王尊贤、袁坚、范国恩、郭家申译。贝科夫《帕斯捷尔纳克传》，王嘎译。钱德勒《生活与命运》英文版导读，李广平译。）

2022 年 2 月 28 日于沪上圆方阁

借东风

　　《三国演义》写赤壁之战，诸葛亮装神弄鬼借东风，引人入胜而饶有趣味；而小说之外的现代人的解释，则是说诸葛亮利用了气象学知识，预报了隆冬时节偶尔出现的东南风，才帮助东吴取得了火烧赤壁的大捷。

　　"风"在战争中举足轻重的作用，是文学作品乐意汲取的题材，但东西方文学的处理方式，却因为文化差异而迥然不同。

　　话说特洛亚王子帕里斯，拐走了希腊美女海伦。冲冠一怒为红颜，希腊联军要围攻特洛亚城，船队却在奥利斯阻风不进。这时神示联军统帅阿伽门农，得杀其爱女伊菲革涅亚献祭，方能赐给联军船队以顺风。这个条件真的是促狭，就跟西门豹治邺一样。但希腊人并非西门豹，他们对神示不敢违拗，所以可想而知，接下来必定是悲剧，天人得交战一番了。古希腊悲剧家风起云涌，埃斯库罗斯、索福克勒斯、欧里庇得斯等，都拿这个题材试笔竞技，遂孕育出悲剧杰作若干（《阿伽门农》《厄勒克特拉》《在奥利斯的伊菲革涅亚》

等），把有价值的撕毁了给人看，感动得欧洲观众涕泗涟涟。就这样，中国文学中举重若轻的喜剧，在西方变成了活生生的悲剧。

但我们现在知道，神和神示都是人造的，风不可能听命于它们。希腊人创造出这样的悲剧，如同我们让诸葛亮装神弄鬼，都不过是平地风波，无事生非，让简单的事情变得复杂，增加茶余饭后闲聊的谈资，丰富人们的精神文化生活。

就像我们现在有了气象学知识，可以看穿诸葛亮的装神弄鬼，欧洲人后来文艺复兴以后，也开始挑战希腊悲剧的神话。勒萨日《吉尔·布拉斯》（1715，1724，1735）里的同名主人公，有一天误打误撞闯入文人会饮的宴席，听得他们正在高谈阔论古希腊悲剧，欧里庇得斯的《在奥利斯的伊菲革涅亚》（前405年演出）。有一位渊博透顶的学士发问："这剧本里哪一桩最叫人全神贯注？"学问不如他的一位学士回答："我说是伊菲革涅亚遭遇的危险。"渊博透顶的学士断然否定他道："剧本里最叫人全神贯注的不是她遭遇的危险，而是——风！"这妙对顿时逗得哄堂大笑，显见得有违当时所谓的常识。但渊博透顶的学士不为所动，面不改色，侃侃而谈："诸位，随你们笑个畅，我一口咬定，使看客全神贯注、惊心动魄的是风，不是伊菲革涅亚的危险。你们想想，希腊要出师攻特洛亚城，已经大军云集，将帅士卒撇下了心爱的家堂神呀、老婆呀、孩子呀，急急地要干完大事，好早早回家；偏生他妈的逆风仿佛把他们使钉子钉住，不得出港，只好耽搁在奥利斯，如果风头不转，他们就不能去围打普里阿摩斯王的城。所以这个悲剧叫人全神贯注的是风。我帮希腊人，赞成他们举兵，只求船队出发；伊菲革涅亚的死不过是向神道求顺风的方法，所以她尽管在生死关头，我看着漠然无动于中。"渊博透顶的学士说完了，又是哄堂大笑。

我想，渊博透顶的学士的这番话，应该是勒萨日借其嘴说的，代表了文艺复兴后的看法，反映了欧洲新的时代精神。是的，所谓"神示"，所谓"天人交战"，所谓"悲剧"，都不过是为文造情，博取看客的眼泪而已，"风"才是真正的主角。但它的来龙去脉，得靠科学来解释；正如今天透过诸葛亮的装神弄鬼，我们看到的是他的"上知天文，下知地理"。

后来，在波兰现代诗人赫贝特的散文诗《伊菲革涅亚的献祭》里，主持献祭者的心态正如勒萨日的那个渊博透顶的学士："唯一真正打动他的，是海湾里停泊的战船上低垂的船帆，让他在那一刻觉得再难忍受暮年的忧伤。因此他抬起手，开始献祭。"

1944年6月6日的诺曼底登陆，利用了坏天气中的一个好窗口，打了德国人一个措手不及。谢天谢地，没听说哪个同盟国统帅为此献祭了自家的宝贝千金。

（欧里庇得斯《在奥利斯的伊菲革涅亚》，周作人译。勒萨日《吉尔·布拉斯》，杨绛译。赫贝特《伊菲革涅亚的献祭》，赵刚译。）

2022 年 4 月 3 日上巳于沪上圆方阁

（原载 2022 年 9 月 23 日《新民晚报·夜光杯》）

睡美人

　　我们这里说的"睡美人"，并非是贝洛的那个美丽童话（1697），而是希腊罗马的神话传说：月亮女神塞勒涅（罗马神话中是狄安娜）看上了牧羊人恩底弥翁（一译安狄明），为了能让月亮女神不受干扰地欣赏牧羊人的美貌，宙斯（罗马神话中是朱庇特）设法让牧羊人夜夜沉睡不醒。这个希腊罗马的神话传说，成了后世许多故事的原型（但大都颠倒了性别关系），其中所蕴含的象征意义，也被作了各式各样的挖掘。

　　在普鲁斯特《追忆似水年华》第五卷《女囚》（1923）里，花了大约三四千字的篇幅，写了面对熟睡的阿尔贝蒂娜，"我"的种种心理活动和感受。"我跟阿尔贝蒂娜一起聊天、玩牌，共度过不少美好的夜晚，但从没哪个夜晚，有像我瞧着她睡觉这般温馨可爱的。""我怀着一种超然、恬静的爱，兴味盎然地欣赏着她的睡眠，犹如久久流连在海边倾听汹涌澎湃的波涛声。"普鲁斯特应该知道塞勒涅（或狄安娜）与牧羊人的神话传说，但他由此揭示的则是另一种占有方式，那就是超越人在清醒时的种种伪装而达致纯真状态。睡梦中的阿尔贝蒂娜，蜕去了人类性格的层层外衣（伪装），只剩下了植物般无意识的生命。"当我端详、抚摸这肉体的时候，我觉得自己占有了在她醒着时从没得到过的整个儿的她。她的生命已经交付给我，正在向我呼出它轻盈的气息。"而这在她清醒时是根本不可能的。与此同时，此时的"我"也得以脱去自我的表皮，恢复思想和幻想的能力："独自一人时，我可以想着她，但她不在眼前，我没有占有她；有她在场时，我跟她说着话儿，但真正的自我已所剩无几，失去了思想的能力。而她睡着的时候，我用不着说话，我知道她不再看着我，我也不需要再生活在自我的表层上了。"也就是说，在某种程度上，她的睡眠使恋爱的可能性得到了实现，而她的清醒反倒会成为恋爱的障碍。"我此时感受到的，是一种纯洁的、超物质的、神秘的爱，一如我面对的是体现大自然的美的那些没有生命的造物。"然而普鲁斯特也承认，"我"的这种占有方式，并非完全是心理上精神上的，其中也包含有欲念的成分。"有时候，我也从中品味到一种不如这么清纯的乐趣……当我的呼吸也变得愈来愈短促时，我抱她吻她都没有弄醒她。我觉得，在这一时刻我终于更完全地占有了她，一如占有了沉默的大自然中一件无知无觉、任人摆布的东西。"

普鲁斯特提到过"睡美人"，在其早年的短篇小说《巴尔达萨尔·西尔旺德之死》（原载 1895 年 10 月 29 日《每周评论》，收入其《欢乐与时日》）中，也已经涉及了这一题材："少妇睡着了，夜间，巴尔达萨尔目不转睛地盯着她端详良久，就像叙事者端详熟睡的阿尔贝蒂娜。"《女囚》中的"睡美人"场面，被称为"真正的散文诗"。1922 年 11 月号的《新法兰西评论》，刊出了《熟睡的阿尔贝蒂娜》，采用了新标题《看着她熟睡》，是普鲁斯特临终前建议的，说明他非常重视这个情节（让－伊夫·塔迪耶《普鲁斯特传》）。

我不知道，普鲁斯特《女囚》的上述这些话，尤其是最后那段话，以及关于阿尔贝蒂娜睡眠的描写，三四十年后，是否被川端康成读到了，从而催生了其晚年的杰作《睡美人》（1961）。"请您不要把姑娘唤醒。因为再怎么呼唤她，她也绝不会睁眼的……姑娘睡熟了，什么都不知道。"但与普鲁斯特的着眼点不同，川端康成转向了另一个方向，那就是表现老年人的性心理，亦即男性可怜的老年问题，他们的无奈、悔恨、挣扎与放弃。"到这里来的客人，谁都不会做什么的。来的都是些可以放心的客人。"绝不会中途醒过来的姑娘，对这些美其名曰"可以放心的客人"的老人来说，带来了没有年龄差异的自由，无须为自己的耄耋而自惭形秽，甚至会感到自己是生机勃勃的，还可以展开追忆和幻想的翅膀，在女人的世界里无比自由地翱翔，无疑是一种使人安心的诱惑、冒险和安乐。一边抚摸着沉睡不醒的美人，一边沉湎在一去不复返的对昔日女人的追忆中，也许便是这些老人可怜的慰藉。小说主角江口也觉得，像他这样的老人，能与这般年轻的姑娘度过这样的时刻，不论付出多大的代价也是值得的，哪怕把一切都赌上也在所不惜，他觉得自己的另一颗心脏仿佛在振翅欲飞。但与此同时，对于"可以放心的客人"，也就是已失去性能力的老人的标签，江口也不是没有抵触及反抗情绪的："我能不能替那些在这里遭到污蔑和蒙受屈辱的老人报仇呢，不妨打破一下这家的戒律如何？对姑娘来说，这样做难道不是一种更有人情味的交往吗？"但江口也明白，这家的戒律哪怕遭到一次破坏，那些老人可怜的愿望和诱人的梦也将消失得一干二净，所以他最终什么都没有做。

　　原型在转世，旋律在变奏，接力在继续。又过了四十年，川端康成的《睡美人》引发了马尔克斯的灵感。"我重读了两本我认为有用的书……另一本是川端康成的《睡美人》。大约三年以来，这本书一直触动着我的心灵。它依然是一部美丽的作品。"于是，《苦妓回忆录》（2004，其实应译作《忆苦妓》）诞生了，它成了马尔克斯的文学绝唱。在它的扉页上，写着《睡美人》的开头几句："客栈的女人叮嘱江口老人说：请不要恶作剧，也不要把手指伸进昏睡的姑娘嘴里。"以示他对川端康成的感激与致敬。"活到九十岁这年，我想找个年少的处女，送自己一个充满疯狂爱欲的夜晚。"《苦妓回忆录》就这样充满悬念地开场了。它沿着《睡美人》

的道路前进，继续表现老年人的性心理，而且变本加厉，把老人的年龄加大了整整一辈，从六十七岁变成了九十岁。但他毕竟不愧是马尔克斯，把川端康成引向情欲的故事，重新拉回到了爱情的领域。"我"与"睡美人"相处的第一晚，便发现了一种令人难以置信的愉悦，那便是在没有欲望相催、没有羞怯阻碍的情形下，欣赏一个熟睡女孩的身体。"我"的全身被一种生命中前所未有的解放感充盈，认识到性是一个人在不能得到爱时给自己的安慰，终于从自十三岁起便开始奴役自己的束缚中解脱了出来。于是，九十岁的老人凤凰涅槃，超越变态畸恋而华丽转身，爱上了这个睡梦中的女孩，想让她过得更好变得更美。"如今，我知道那不是幻觉，而是又一个奇迹，一个在九十岁时逢遇人生初恋的奇迹。"他怀着一种此生从未体会过的强烈感情和幸福感，在对熟睡女孩的爱中飘浮着，因为她，黛尔加迪娜——他叫她那个被自己的国王父亲追求的小女儿的名字（毅平按：也许他指的是贝洛童话《驴皮》中的那个公主，但《驴皮》中的公主及其他人原本都没有姓名），他在生命中第九十个年头过去时第一次面对了自己的本性。小说的结局简直就是个美丽的童话：原来，由于他对熟睡女孩的爱心和善意，那可怜的女孩也疯狂地爱上了他。于是他确信，死神最终会败在幸福手下，自己将在爱情中安然迎接死亡："终于，真正的生活开始了，我的心安然无恙，注定会在百岁之后的某日，在幸福的弥留之际死于美好的爱情。"——这就像《驴皮》的结尾，从此王子公主过着幸福的生活，"如果他们在一百年以后还没有去世的话，他们会永远相爱下去"。

许多读者也许会对马尔克斯心存感激，感谢他给这个"变态"的故事引入了灿烂的阳光，让它华丽转身成了一个"伟大的爱的故事"，也给"洛丽塔"们展示了完全不同的美好前景，让人们由衷地相信"爱真的存在，幸福真的可能"（马尔克斯在诺奖获奖典礼上的演讲《拉丁美洲的孤独》，1982）；而九十岁才逢遇的初恋，九十岁与十五岁的巨大年龄差，以及把小女孩叫作"黛尔加迪娜"（暗示乱伦倾向），则又是来自马尔克斯式幽默感、想象力和自黑自嘲的附赠品。另外，帕斯捷尔纳克曾向叶甫图申科建议："永远不要书写关于个人死亡的诗，也不要预言自己的命运，因为这些全都会应验！"马尔克斯似乎有意反其道而行之，对自己的命运作了一个美好的预言，期待着按照既往的规律它也许会应验。

"在他生命中最后的时光里，那些令他以强烈而疯狂的姿态去做、去碰、去想的事物，除了把他引向文学之外，还把他引向那位年轻的伴侣。"（《略萨谈博尔赫斯》）在现实的平行世界里，马尔克斯的前辈博尔赫斯，晚年幸遇玛丽亚·儿玉，终于得尝爱情的甘霖，宛如上述传奇的印证。

巧合的是，上述三位欧亚美洲作家的出生年龄各相差二十八岁，正好各相差一代人，他们宛如代际、洲际接力似的，把源远流长的"睡美人"神话原型变奏出了精彩纷呈的美妙乐章。

在中国，恕我孤陋寡闻，好像还没有看到过类似题材的作品；然而，类似的心理感受和表达应该是会有的吧。比如，据说沈从文游览江南的锦溪古镇时，就曾把它比作"睡梦中的少女"，让人不由得浮想联翩。

回头再看贝洛的那个美丽童话，如果让今天的人来改写，是否会让王子改变主意，不把睡梦中的美人唤醒，而是由着她继续沉睡，以便今后细细地品鉴？否则美人一旦悠然醒转，也许脾气倒是难对付的。

（贝洛《睡美人》《驴皮》，傅辛译。普鲁斯特《女囚》，周克希译。让-伊夫·塔迪耶《普鲁斯特传》，李鸿飞译。川端康成《睡美人》，叶渭渠、唐月梅译。马尔克斯《苦妓回忆录》，轩乐译；《我不是来演讲的》，李静译。《略萨谈博尔赫斯》，侯健译。）

2022年4月4—5日寒食清明于沪上圆方阁

无用之为用

　　两个花心男人参加一场社交晚会，那里有非常漂亮的女人。一个为此疯狂，准备不论做什么也要吸引她们的注意，于是妙语连珠，冲口而出，语言雅致，用词严密，很难理解，引人注目而又不立即有反响，必须耐心等上几秒钟，其他人才会明白过来，有礼貌地跟他一起笑；另一个则完全相反，他不是一声不出，当他跟大家一起时，他声音很低，不停地念念叨叨在说什么，更像吹哨而不是说话，但是他说什么都不会引人注目。美人中的一位，尤其引起他们的注意，他们都想取悦于她。前者俏皮话不断，充满才智；后者则一而再、再而三跟她搭讪，说的事稀松平常，毫无趣味，没有一点意思，但是教人舒服的是不用对它们做出任何聪明的回答，不需要丝毫才智。结果……那个美人跟着后者走了。

　　这是昆德拉的《庆祝无意义》（2014）里的一个插曲，或者说寓言。作者提出的教训是：沉默引人注目，给人留下深刻印象，教人高深莫测，或者疑神疑鬼；说话而又不引人注目，一直在人前讲话，而又不被人听在耳朵里，这需要精湛的技艺，实属不易。当一个高明的人试图勾引女人，这个女人就觉得在进行竞争，她觉得自己也必须高明，不能不作抵抗就投降；而无意义解放了她，让她摆脱提防之心，不要求动任何脑筋，让她无忧无虑，从而更容易俘获。这是上述后者的取胜之道；而前者呢，自以为高明，一点都不明白无意义的价值，其实很愚蠢。

关于"沉默引人注目，给人留下深刻印象，教人高深莫测，或者疑神疑鬼"，在康拉德的《在西方目光下》（1911）里就有一个佳例。主人公拉祖莫夫因沉默而博得了"深刻"的美名："在一群激昂兴奋的谈话者中，整日习惯于声嘶力竭地进行讨论，他们当中如果出现一位相对沉默寡言的人，大家就会觉得他有深藏不露的本事。"导致革命者霍尔丁产生了误解，以为他"纯洁高尚，踽踽独行"，在义举后躲到他屋里，被他告发而送了命。

在《庆祝无意义》问世的七十年前，张爱玲的《殷宝滟送花楼会》（1944），也写了一个类似的故事。殷宝滟对于罗潜之，从一开始就在心里暗说："可是我再没有男朋友也不会看上他罢。"最后还是无奈地说："不过你不知道，他就是离了婚，他那样有神经病的人，怎么能同他结婚呢？"但结果又怎样呢，还不是陷了进去？"没有人这样地爱过她。没有爱及得上这样的爱。""情有重于泰山，有轻于鸿毛。如果给了潜之——当然即使拖到老，拖到死，大概也不会的，但是可以想象。"

作者提出的教训也差不多，虽然没有提到所谓"高明"，所谓"无意义"："其实他们的事，也就是因为他教她看不入眼。是有这种女孩子，追求的人太多了，养成太强的抵抗力。而且女人向来以退为进，'防卫成功就是胜利'。抗拒是本能的反应，也是最聪明的。只有绝对没可能性的男子她才不防备。她尽管可以崇拜他，一面笑他一面宠惯他，照应他，一个母性的女弟子。于是爱情趁虚而入——他错会了意，而她因为一直没遇见使她倾心的人，久郁的情怀也把持不住起来。相反地，怕羞的女孩子也会这样，碰见年貌相当的就窘得态度不自然，拒人于千里之外；年纪太大的或是有妇之夫，就不必避嫌疑。结果对方误会了，自己也终于卷入。这大概是一种妇科病症，男孩似乎没有。"昆德拉活到八九十岁才参透的东西，张爱玲二十多岁就已经拎得煞清了。

而距今仅仅五年前，在林奕含的《房思琪的初恋乐园》里，也上演了同样的剧本，尽管最终是一出悲剧。两个爱好文学的初中小女生，在电梯里初遇色狼李国华老师，因为年龄相差三十七岁，她们便都放松了警惕。"平时，因为上了中学，思琪常常收到早餐、饮料，她们本能地防备男性。可是眼前的人，年纪似乎已经过了需要守备的界线。两人遂大胆起来。"李国华则借咳嗽"展示自己的老态"，以此迷惑猎物，结果房思琪落入其陷阱而难以自拔。

．．．．．．．．．．．．

　　在因疫情而闭门闲居的春日里，隔着不同的时空，读着这些大同小异的故事，我思索着所谓的"高明"，所谓的"无意义"。窗外是春天的日晒，正如张爱玲当年所写，太美丽的日子，可痛惜的美丽日子，在窗外渐渐流了去……

　　（昆德拉《庆祝无意义》，马振骋译。康拉德《在西方目光下》，赵挺译。）

2022 年 4 月 18 日于沪上圆方阁

偶然性

　　帕勃洛·伊比埃塔被捕了，法西斯要他交代拉蒙·格里斯躲在哪里。他不想当叛徒，当然拒绝交代。他被判处死刑，明天早上执行。但第二天一早，别人都被枪毙了，他却被留了下来。法西斯仍不死心，还是要他交代格里斯的下落，并承诺可以一命换一命。经历了昨夜面对突如其来的死亡的恐惧，任何事物对他来说都已不再具有重要性。他对友谊、爱情和生存的企求，在黎明前都已经同时消亡了。他已不再爱任何人。别人的生命并不比他的生命价值更高，任何生命在这种时候都是没有价值的。但他仍然拒绝交代，宁愿去死，也不会出卖格里斯。他当然知道格里斯藏身何处：就藏在他表兄弟家里，离城四公里。但他知道，自己决不会透露格里斯的藏身处。他觉得这样有点可笑，因为这是顽固。"难道就应该顽固？"一种莫名其妙的高兴劲油然而生。他对法西斯说："我知道他在哪里。他藏在公墓里。在一个墓穴或掘墓人的小屋里。"他这是想作弄他们一下。

　　然而，由于"偶然性"的神奇作用，事情却向不可预测的方向发展，结果完全出乎他的意料。"他们抓到了格里斯。""什么时候？""今天早晨。他自己干了蠢事。星期二他离开了表兄弟家，因为他已经听到一点风声。他可以藏身的人家还有的是，但是他不想再连累任何人了。他说：'本来我可以藏到伊比埃塔那里去的，但是既然他已经被捕了，我就藏到公墓去算了。'""公墓？""是啊，真蠢。显然，他们今天早晨去过那里，这本来也是很可能发生的事。他们在掘墓人的小屋里抓到了他。他先向他们开了枪，他们就把他打死了。"

这就是萨特的小说《墙》（1939）的结尾，一个萨特式存在主义的结尾，一个证明"偶然性"决定一切的结尾。

上溯四个多世纪，明代文人祝允明的笔记《野记》（1511）里，也记载了一个"偶然性"决定人物命运的真实案例：

> 成化中，南郊事竣，撤器，亡一金瓶。有庑人侍其处，咸谓其窃之何疑，告捕系狱，拷掠不堪，竟诬伏。索其赃，无以为对。迫之，漫云在坛前某地。如其言觅之，不获。犹击之，将毙焉。

> 俄盗以瓶系金丝粥于市，市人疑之，执于官，乃卫士也。乃云："既窃之，遽无以藏，遂瘗之坛前，只掞取系耳。"官与俱去，发地得之，乃密比庑所指处，相去数寸而已。或前发土微广，则庑人齑粉矣！

讯狱亦诚难哉!

此事之最惊心动魄处,在于庖人乱指的地方,恰好是盗贼埋赃之处,万一正好挖到了赃物,将铁定铸成一个冤案;万幸的是略微差了一点,庖人才躲过了没顶之灾。也就是说,此案例与《墙》的结尾高度相似,是"偶然性"决定了人物的命运;而与《墙》微殊的只有一点:一样的随便乱指,一样的弄假成真(或差点弄假成真),人物命运将正好相反。

此事应为祝允明当时实事,其得出的教训比较实用,也就是"讯狱亦诚难哉",而并未追问在人的命运中,"偶然性"扮演了怎样的角色。也正是这种实用主义立场,决定了在祝允明的笔下,这样一件惊心动魄之事,只能是一个普通的案例,而不会成为深刻的寓言。

后来,冯梦龙编《智囊补》(1626后)卷十《京师指挥》,也是一个类似的案例:

> 京师有盗劫一家,遗一册,旦视之,尽富室子弟名。书曰:某日某甲会饮某地议事,或聚博挟娼云云,凡二十条。以白于官,按册捕至,皆跅弛少年也,良以为是。各父母谓诸儿素不逞,亦颇自疑。及群少饮博诸事悉实——盖盗每侦而籍之也。少年不胜榜毒,诬服。讯贿所在,浪言埋郊外某处,发之悉获。诸少相顾骇愕,云:

"天亡我！"遂结案伺决。

　　一指挥疑之，而不得其故，沉思良久，曰："我左右中一髯，职豢马耳，何得每讯斯狱辄侍侧？"因复引囚鞫数四，察髯必至，他则否。猝呼而问之，髯辞无他。即呼取炮烙具，髯叩头，请屏左右，乃曰："初不知事本末，惟盗略奴，令每治斯狱，必记公与囚言驰报，许酬我百金。"乃知所发赃皆得报宵瘗之也。髯请擒盗自赎，指挥令数兵易杂衣与往，至僻境，悉擒之。诸少年乃得释。（余懋学《仁狱类编》卷十五《鞫髯知群盗》、王圻《稗史汇编》卷二十八《指挥辨冤盗》略同，并皆早于冯编，或为冯编所汲取）

　　其文末述评，引祝允明《野记》的上述案例，盖注意到了两个案例间的微妙联系，而提出"岂必豢马髯在侧乃可疑"，说明案情之阴差阳错尚有更甚者，可最后得出的结论仍是"讯盗之难如此"，同样不关心"偶然性"背后的形而上问题。

　　而同样的"偶然性"，在萨特的笔下，成了其小说的灵魂，说明存在主义的道具，且因其探索之深入用力，而使该小说成了一篇杰作。这里面当然有时代、国度、文化的因素，但文人个人才华的差异也不容忽视。谁能从别人止步的地方出发，看到别人视而不见的东西，谁就能打造出一个新的世界。

　　当然，《墙》的精彩不限于此。小说的主体部分，其实是表现当人遭遇突如其来的死亡时，身心言行各方面所发生的种种异常现象。三人都被处以死刑，明天一早就要执行。此时此地，除了想到死亡以外，他们别无他事可做。整个夜晚，他们都同时想着同样的事情——死亡，同时出汗，同时颤抖。每个人都吓得要死，但表现各不相同：汤姆小便失禁了，"我"一个劲地流汗，儒昂吵闹而哭泣。这三个被关在死囚牢里的人，只是三个失去了人血的亡灵，再也控制不了自己的身体。法西斯派来一个比利时大夫，陪他们度过这个最后的夜晚，其实只是为了观察他们的身体，这些步步走向死亡的活人的身体。为了转移自己的注意力，"我"开始回想过去的生活，却感觉全都是该死的谎言：所有的价值都一文不值，所有的追求都了无意义，所有的感情都不过是虚幻，人与人之间毫无共同之处，将死之人与活人无法沟通……总之，死是孤独的。

　　这样的连篇累牍，这样的穷搜极讨，是古今东西许多作品里所没有的吧，这也是我们为什么要读萨特这类作家的理由了。

　　（萨特《墙》，王庭荣译。）

2022 年 5 月 26 日于沪上圆方阁

叙事的轻与重

"每年都有成千上万的书在市场上出售，这是些为了提供个人风流韵事的各种新奇版本，提供精神抑郁者情绪遽变和爱慕虚荣者追名逐利的故事。普鲁斯特的女主人公需要某些非常文雅的作品，为的是要感觉一下她什么也没有感觉到的东西。作者以为可以——哪怕是以平等的权利——要求人们关注集体的历史正剧，是它使千百万人摆脱毫无作为的境地，对民族性格进行改造以及对人类生活进行永久的干预。"

这是托洛茨基《俄国革命史》第二卷《十月革命》（1932）前言中的一段话，意在为自己的历史叙事的正当性与重要性寻求证据并加以辩护。在此过程中，那些沉湎于个人情绪个人琐事的文学作品成了对立面；而位于这一边的，则是一些不容置疑的巨大概念，集体、历史正剧、千百万人、民族性格、人类生活、改造、永久干预……孰轻孰重，托氏的倾向性一目了然。

其实托氏这里所说的，也是历史叙事与文学叙事的永恒对立——假如真的存在这种对立的话。早在亚里士多德的《诗学》（前335—前322）中就提出了这种对立，当然他是坚定不移地站在文学叙事一边的。

我们不知道托氏所指控的"需要某些非常文雅的作品，为的是要感觉一下她什么也没有感觉到的东西"的"普鲁斯特的女主人公"具体指的是谁。在我的印象中，普鲁斯特的女主人公不是一个两个，而是有一大帮子：马塞尔的外婆、母亲、莱奥妮姨妈，他家的厨娘弗朗索瓦丝，他的女友希尔贝特、阿尔贝蒂娜，他从小认识的斯万夫人（交际花奥黛特），沙龙女主人维尔迪兰夫人、盖尔芒特夫人，名伶拉贝玛、拉谢尔，以及无数上流社会的夫人小姐……其中除了马塞尔的外婆和母亲喜欢读书，尤其喜欢塞维尼夫人的书信和乔治·桑的小说外，其他女性角色似乎没有什么人是喜欢读书的。即使打小就隐约见过夏多布里昂、巴尔扎克、雨果的维尔巴里西斯夫人，也只因他们常到她父亲家里来，她的家庭与他们有过特殊关系，她的父母往昔接待过这些人，她甚至都有这些文豪的手迹，知道他们的许多趣闻轶事，而以此自夸自喜，自认可以更正确地谈论、评价他们，却也没见她读过他们的什么作品，更不要说谈论、评价他们的作品了。也许，托氏只是想要泛泛地指控傲慢的贵族夫人或资产阶级阔太太阅读品位低下，以便为自己高尚、激烈而宏大的历史叙事树立一个假想敌，然后在打倒假想敌的过程中开辟通往广大读者的道路，但以普鲁斯特的《追忆似水年华》为靶子似乎有点文不对题，因为即使普鲁斯特的女主人公里真有这样的附庸风雅之辈，那么请相信我，第一个毫不留情地予以嘲笑挖苦的也一定会是普鲁斯特本人。倘若联系托氏在其书结语中所作的对比："十月革命所摧毁的贵族文化归根结底只不过是更加高级的西方范例的肤浅模仿。这种让俄国人民很难理解的贵族文化没有给人类文化宝库带来任何实质性的贡献。十月革命以大众为对象的新文化奠定了基础，正因为如此，它马上便具有了国际意义。"也许可以更好地理解他立论的时代背景。但时过境迁，尘埃落定，现在的我们比他更清楚地知道历史的真相究竟如何，从而明白他对俄罗斯"旧"文化的贬低未免过于武断，而对苏联"新"文化的预言则未免过于乐观了。

不过对于托氏的前一项指控，也就是每年坊间推出的无数为赋新词强说愁的文学作品大都无足轻重，甚或一文不值，我们不能更同意他的了。在这方面，我想坚决不读某些类型文学作品的米沃什也会同意他的。相比之下，类似托氏的《俄国革命史》这样的鸿篇巨制，原原本本地描述、剖析了"十月革命"的来龙去脉，全景式地展现了人类历史上这一重大历史事件，的确是更有意义也更有价值的。尤其是像我这种从小看《列宁在十月》《列宁在一九一八》，后来读《联共（布）党史简明教程》，再后来读《日瓦戈医生》《红轮》的人，读托氏的《俄国革命史》常常是别有会心，眼前会浮现出栩栩如生的画面，不时进入充满悬念的探案过程，而最终共鸣的则是斯宾诺莎的格言：不要哭，也不要笑，而要理解。

　　然而有些东西我还是感到光读历史叙事是不够的，是难以得到满足的。托氏写到，1917 年从二月革命到十月革命的八个月间，居民口粮从一个半俄磅缩减到了四分之三俄磅，也就是缩减了一半。这让我想起了日瓦戈医生的遭遇。他在二月革命后返回莫斯科，火车上有人送了他一只野鸭，那年头可是个了不起的宝贝，在当时算得上是一笔财产了，这成了他带回家的贵重礼物，遂郑重请了朋友们一起分享。"有野鸭和酒的宴会，在他回来的第二天或第三天如期举行……一只肥鸭在当时已经挨饿的时期是一种了不起的美味，但是光有肥鸭没有足够的面包，就使宴会显得不够丰盛，所以甚至使人有点儿懊恼……最不痛快的是，他们的宴会脱离了当时的条件。不能设想，在这条巷子里对面的几户人家在此时此刻会这样吃喝。窗外是无声无息、黑沉沉的、饥饿的莫斯科。商店里都是空的，至于像野鸭和酒这样的东西，连想也别想。原来，只有生活和周围的人的生活一样，不显得特殊的时候，才是真正的生活，原来，独享的幸福不是幸福，所以，这似乎是城里独有的野鸭和酒精，也就完全不是野鸭和酒精了。这是最使人难受的。"（《日瓦戈医生》）这还是十月革命爆发前夕的事情，革命后食品供应情况还将继续恶化。"在十月革命随后几年间，民众的食品供应情况继续不断恶化……

由于他们意识到了崇高的目标，同样是这些群众后来能够忍受（比十月革命前严重）两三倍的供应匮乏。"（托氏同上书）但如果没有文学作品里入木三分的细节描写，我们很难感受到托氏历史叙述所具有的沉重分量，因为光是数字的比较唤不起我们的强烈情感，我们很难对"一个半俄磅""四分之三俄磅""严重两三倍"产生概念，相反对一只野鸭引发的故事却很容易感同身受。

还有，托氏对哥萨克的阶层分析是多么要言不烦呀："哥萨克的政治作用是由他们在国家所处的特殊地位决定的。哥萨克人向来代表享有一定特权的独特的下层等级。哥萨克不缴纳任何赋税，又占有比农民多得多的份地……一听到国家召唤，每个哥萨克都有义务骑着自己的马匹和带上自己的装备赶到……这个集团的下层与农民有共同之处，而上层与地主相关联。与此同时，上层和下层又用自己的特殊性和优越性意识联合在一起，他们不仅习惯于居高临下地看待工人，而且也这样看待农民。这就使得中层哥萨克是如此适合充当镇压者的角色。"（托氏同上书）但如果没有读过巴别尔的《骑兵军》，没有读过肖洛霍夫的《静静的顿河》（1928—1940），如果不认识格里高利们，不认识巴别尔的战友们，我们又怎能认识到这番历史叙述的清晰明了呢？也许就像泼在石头上的水那样轻轻滑过去了。"当人们想到过去的时候，总是通过稀稀的筛子筛选出一件件历史大事，把士兵的痛苦、磨难和不幸全部筛掉。"（格罗斯曼《生活与命运》）而聚焦于那些被历史筛子筛掉的士兵的痛苦、磨难和不幸的，则正是雷马克的《西线无战事》（1929）那样的文学作品。

历史本来就是由无数个体生命组成的总和，任何离开了个人遭遇、个人感受、个人命运的历史叙事，尽管可以很全景很宏大很波澜壮阔很惊心动魄，但其分量终究不会比一个人的分量更重，因为阅读者本身也都是活生生的个人，只能从个人角度出发去理解历史。

> 地球上住着四十亿人，
> 但是我的想象依然如同过去。
> 它和巨大的数目格格不入。
> 它对独特的个数依然激动。
> 一如手电筒的光，飞掠过黑暗，
> 只照亮最靠近的几张脸孔，
> 其余则被视若无睹地略过，
> 从未被想起，也没有遗憾。
>
> （辛波斯卡《巨大的数目》，1976）

反之，文学叙事则诚如莫洛亚就普鲁斯特作品所言："普鲁斯特是纯粹的小说家。没有人比他更善于帮助我们在自己身上把握生命从童年到壮年，然后到老年的过程。所以他的书一旦问世，便成为人类的圣经之一。他简单的、个别的和地区性的叙述引起全世界的热情，这既是人间最美的事情，也是最公平的现象。就像伟大的哲学家用一个思想概括全部思想一样，伟大的小说家通过一个人的一生和一些最普通的事物，使所有人的一生涌现在他笔下。"（《追忆似水年华》序）

在某种意义上，这其实也就是二千多年前亚里士多德所说的："写诗这种活动比写历史更富于哲学意味，更被严肃地对待；因为诗所描述的事带有普遍性，历史则叙述个别的事。所谓'有普遍性的事'，指某一种人，按照可然率或必然率，会说的话，会行的事，诗要首先追求这目的。"（《诗学》第九章）"诗所描述的事带有普遍性，历史则叙述个别的事。"文学叙事因"个别"而"普遍"，历史叙事再"宏大"也"个别"，这恐怕与托氏的理解正好相反。

就此意义而言，文学叙事与历史叙事究竟孰轻孰重，还真的有点难说。

（托洛茨基《俄国革命史》，丁笃本译。帕斯捷尔纳克《日瓦戈医生》，力冈、冀刚译。格罗斯曼《生活与命运》，力冈译。辛波斯卡《巨大的数目》，陈黎、张芬龄译。莫洛亚《追忆似水年华》序，施康强译。亚里士多德《诗学》，罗念生译。）

2022 年 5 月 30—31 日于沪上圆方阁

雕像锃亮处

到东到西，谁不爱看雕像呢？看着那些伟人名人美人的雕像，谁不油然而生见贤思齐之心呢？你敢说你从来就没有暗暗想过，自己将来也成为那样一尊雕像，受到阿猫阿狗们的盲目景仰？

然而，如果你想成为一尊雕像，那你就得事先想好了，贡献身上的哪个部位，让景仰者们摸得锃光瓦亮！

最划算的当然是让人家摸你的鞋尖，就像巴黎拉丁区的蒙田雕像那样。蒙田安安稳稳地坐在椅子上，跷着个二郎腿，"脚跷黄天包"（沪语，脚跷得老高），伸出一只穿皮鞋的脚，显然是在诱导景仰者们去抚摸的。而且，其基座上还刻了一句铭文："摸摸蒙田的脚，你就会变聪明！"于是每一个想变聪明的路人，都成了蒙田的免费擦鞋匠，把他的鞋尖摸得锃锃亮，照得出马路斜对面的索邦。颜渊赞老师"仰之弥高，钻之弥坚"，粉丝们大概会赞蒙田"摸之弥光，擦之弥亮"吧。

布拉格，伏尔塔瓦河畔，查理大桥脚下，有卡夫卡纪念馆。

门前的撒尿雕像，是大卫·切尔尼的名作，堪称是别样景致：两个裸男，站在一个浅水池里，扶着水龙头，往浅水池里撒尿；而那个浅水池的形状，看着怎么那么眼熟，原来却是捷克版图！这是帅克式的玩笑吗？还是向卡夫卡致敬？如果不是捷克人自己恶搞，恐怕会有"辱捷"之嫌吧？卡夫卡纪念馆里，基调是黑色的，灯光是昏暗的，展示是悲催的，更以斯美塔那《我的祖国》第二乐章《伏尔塔瓦河》为背景音乐，忧伤如潮水般涌来，让人备感压抑，心情沉重。但观毕卡夫卡，走出纪念馆，再看到撒尿双士雕像，便心头一松，哑然失笑，云淡风轻，豁然开朗，这才知道了它的好处，明白为啥放在那里了。这就是布拉格人的幽默了，顺带也理解了昆德拉的玩笑，好兵帅克的无厘头。

说到帅克，帅克就到。一路之隔，就是帅克主题餐厅，墙上画满了帅克，憨态可掬。可一走进餐厅，拿起菜单，你就知道上当了：一样的菜品，比起别家餐厅，价格贵出许多。但服务员个个一脸无辜，笑容灿烂，就像墙上的帅克，你只得乖乖地掏出自己的钱包。

那就上山上的大城堡去吧，卡夫卡的 K 怎么也进不去的，可游客们只要买张门票，就可以轻松地进去了——难题的解决方案竟如此简单。在黄金小巷里左转右转，怎么又看见一尊裸男雕像，全身黝黑，水龙头挺然翘然，照例被摸得锃亮。这才想起，刚才看到撒尿双士的雕像时，只顾着欣赏设计者的创意，竟忘了观察何处摸得最亮，会不会也是同样的部位呢？有人去布拉格请代为看下。

再转到意大利的维罗纳，朱丽叶故居好热闹呀，阳台上站满了朱丽叶，围墙上爬满了罗密欧。但最热闹的地方，却在朱家院子里，朱丽叶的雕像旁，游客都排着长龙跟她合影呢，手还不老实地摸着她的乳房，隔着衣衫都被摸得金光闪闪。而老城那头的罗密欧故居，却大门不开二门紧闭，看来没有游客对他感兴趣。

布尔日的圣艾蒂安大教堂，地下室通道的墙上，一个个大力士都扛着柱子。导游指着其中的一根柱子，让游客们看扛柱子的玩意——原来是一只硕大的屁股！导游介绍道，建造大教堂的工匠很会恶搞，敢开上帝的玩笑，特意雕了只屁股，大家想摸的话可以过来摸摸。各国游客纷纷掩嘴窃笑，却没人有勇气敢为人先。咱最看不得假正经，便一马当先过去摸了下。于是各国游客一拥而上，都争先恐后地摸了起来，居然还好意思合影留念。类似的露秽雕刻在法国某城也见过，高高地雕刻在古民居的窗棂上，可惜照片拍得到手却够不到。敢恶搞的工匠就是讨人喜欢。这是工匠们的文艺复兴了。

现在听我说了这些，你还会想成为一尊雕像吗？居然还想的话，是否已经想好了被摸的部位？

（昆德拉《玩笑》，蔡若明译。哈谢克《好兵帅克历险记》，星灿译。）

2022 年 6 月 1 日于沪上圆方阁

"疯"画家

　　上篇讲的那些恶搞的工匠，那些掀起文艺复兴的工匠，让我想起了巴别尔，我一读再读的巴别尔，他的小说《潘·阿波廖克》，写的正是这样一位"疯"画家。

　　"疯"画家有画熟人的癖好，照着身边的熟人画圣像：施洗者约翰是教士的助祭，圣母是教士的女管家，星象家之一是教士本人，使徒保罗是二流子农夫、犹太佬雅涅克，畏畏葸葸地瘸着一条腿，满脸一绺绺黑胡子，抹大拉的马利亚是疯疯癫癫的犹太荡妇艾丽卡，形销骨立，腰肢细小、双颊凹陷……"疯"画家如此这般画完新落成的教堂后，便向四郊的农民兜售他的画作。"画一幅圣母像给十五个兹罗提，画一幅圣母一家的合家欢给二十五个兹罗提，画一幅《最后的晚餐》，把购画人的亲属都画进去，给五十个兹罗提。还可以把购画人的仇家画成加略的犹大，不过要外加十个兹罗提。"买他画的人络绎不绝，于是城郊的村镇住满了天使。一个又一个约瑟全都把自己花白的头发梳成二分头，一个又一个耶稣全都把头发抹得油光锃亮，一个又一个马利亚全都掰开两条腿，全都是生育了一大串子女的村妇：这些圣像画全都挂在农舍内上座的上方，全都由纸花做成的花环环绕。

于是一场闻所未闻的战争爆发了，一方是整个实力强大的教会，另一方是玩世不恭的画家，还有那些乐意被画成圣徒的村民们。教区主教派了一个委员会前来调查。委员会在最贫穷的臭烘烘的农舍里，也都看到了这类假冒圣灵、荒唐的合家欢，画得那么朴素，那么活灵活现。

"你们还活着，他就叫你们成了圣徒！"委员会里的一个副主教朝庇护画家的村民们吼道，"他用圣徒非凡的特征装点你们，可你们是什么人？你们是不遵守教规的人，是私酒酿造者，是贪婪的放债人，是伪秤的制造者，是出卖亲生女儿童贞的无耻之徒！"

"神甫大人，"瘸腿的赃物收购者兼墓地守卫维托尔捷反驳副主教说，"您对无知无识的老百姓说的这些话，无上慈爱的主会认为其中有真理吗？潘•阿波廖克那些满足了我们的自豪感的图画中所包含的真理，不比您那些充满诽谤和憎恨的话中的真理来得多吗？"

人群的怒吼吓得副主教拔腿就跑。

村民跟教会的冲突持续了三十年。

然后巴别尔来到了这里，见识了这些画及其作者。画家一眼就看透了他，向他推销自己的画术："文书先生要是肯出五十马克，我可以给您画一幅肖像，采用傻乎乎的法兰西斯的形象，背景是蓝天绿底，完完全全是圣法兰西斯。如果文书先生在俄国有未婚妻的话……女人都喜欢傻乎乎的圣法兰西斯，虽说并非所有的女人，先生……"未来的大小说家在他眼里，就是个傻乎乎的圣法兰西斯。从此我看到巴别尔的照片，也就像看见傻乎乎的圣徒。

巴别尔没说自己是否接受了画家的提议，但他明确说："潘·阿波廖克美不胜收、充满智慧的生活，好似陈年佳酿，令我醉倒……命运将一部遁世的福音书扔到了我脚下，我发誓要以潘·阿波廖克为楷模，把像蜜一样甜的仇恨，对于像猪狗一样的人痛心的蔑视，默默、快慰的复仇之火，奉献给我的誓愿。""潘·阿波廖克"是画家的大名，"潘"是当地对贵族地主的尊称。

读到这里，我也想说，阿波廖克的画，巴别尔的小说，美不胜收，充满智慧，好似陈年佳酿，一起令我醉倒；他们两位，都是我的楷模。

我孤陋寡闻，原先只在阿姆斯特丹的荷兰国立博物馆里，看到过伦勃朗的名画《夜巡》，知道那帮像是城管的巡逻队员，都是以城里商人为模特画的，依据该画润笔的出资比例，画他们的正面或侧面，站在前列或后排……我不知道还有这么一位比伦勃朗更有趣的画家，生活在东欧大平原上的一座小城里，具有伦勃朗都难望项背的想象力，给教会带来了那么多的麻烦，给村民们带来了那么多的欢乐，一个人就掀起了圣像界的文艺复兴。

（巴别尔《骑兵军》，戴骢译。）

2022 年 7 月 29 日于沪上阅江楼

奥勃洛摩夫性格

奥勃洛摩夫懒成这样，起个床就花了多少页。从早上八点到中午，又到下午四五点，那双晃荡在床沿上的脚，就是不肯伸进舒适的拖鞋，让读者心痒痒得难受。最不可思议的还是懒得恋爱，明明喜欢美女奥尔迦，也被奥尔迦所喜欢，就是懒得作任何努力，以致煮熟的鸭子又飞了。后来顺理成章地娶了女房东，每天做好吃的供他大快朵颐。最后，毫无出息的奥勃洛摩夫死了，无声无息但心满意足地死了。

"但是他并不比别人愚蠢，他的心地像玻璃一样明亮、洁净，而且高尚、亲切，却无声无臭地死了！"

"究竟为什么死了呢？是什么原因呢？"

"原因……什么原因！奥勃洛摩夫性格！"

…………

关于"奥勃洛摩夫性格"，学者们写出了厚厚的论文，连篇累牍地分析又分析，时代、社会、阶级、野蛮、愚昧、落后，农奴制、民族性、多余人……但我总觉得还缺了点什么，没有被学者们说出来，但那究竟会是什么呢？

在爱情中，奥勃洛摩夫从未被女人俘虏过，从未当过她们的奴隶，甚至从未当过十分殷勤的崇拜者，因为亲近女人有许多麻烦，奥勃洛摩夫之崇拜她们，大抵只限于敬而远之，绝不想伤筋动骨。就拿奥尔迦来说吧，她是他的指路星、支配者，在爱情的决斗中，她是主动的角色，处于强势的地位；他只是个被动的角色，热烈而顺从，绝没有意志的活动和主动的思想，大抵都是她推动他前进，他自己是一步也不会往前跨的，她把他放在哪里，他就会停留在哪里。这对当事人来说多累人啊。而且，她还有一个——只有一个——小"缺点"："她会唱 *Casta diva*，可是不会泡这样的伏特加！也不会做那种鸡肉和菌子馅的面饼！"由此看来，貌似胜券在握的奥尔迦，其实早就败局已定了。

　　而房东太太呢，脸相虽然单纯，也还讨人喜欢，皮肤很白净，胸脯很结实，裸露的臂肘很诱人，为人纯朴而善良，总是亲自下厨房，会煮一手好咖啡，会捣肉桂，会烤美味可口的面饼，鸡肉和菌子馅的，会用醋栗叶浸泡伏特加，跑到菜市场，只消看一眼，或用手指碰一下，便能判定母鸡孵出了几个月，鱼死了有多久，香芹菜和莴苣是什么时候采摘的……一句话，她就是个擅长家务的能干女人，总在不停地忙活，早晨预备午饭，饭后做针线，浆衬衫，傍晚烧晚饭……奥勃洛摩夫所需要的，其实就是这样的太太，是他母亲的转世投胎，给他从小就熟悉的生活，尤其是对饮食的关心，就像在奥勃洛摩夫卡。"她永远活动着的臂肘，她关注着一切的眼睛，从食橱到厨房，从厨房到贮藏室，又从那里到地窖，来回不停，对家庭设备和用具的无所不知，都是像海洋一样浩瀚无际的、无法破坏的平静的理想生活的体现，这种生活的画面，在他的童年时代，在他父亲的家里，早就深深地镌刻在他的心上，磨灭不掉。"最后他娶了她，不是顺理成章吗？她不会唱 *Casta diva*，不会谈情说爱，又有什么关系呢？

左琴科曾断言："冈察洛夫在俄罗斯人民中发现了奥勃洛摩夫式的人。也许在他看来，奥勃洛摩夫性格是有代表性的，然而这绝不是俄罗斯人民的性格。"（《日出之前》，1946，1972）但他的断言果然准确吗？或许作为一个乌克兰人，他也是不得不这么说吧？大约三十多年前，我在东京西边的八王子住过一阵子，有段时间，与莫斯科大学的汉学家谢曼诺夫教授（汉名"司马文"，撰有《鲁迅和他的前驱》《鲁迅纵横观》等）比邻而居。他说得一口京片子，见了我就叫"邵同志"。我们聊起俄苏文学，他问我最喜欢哪个角色，我说当然是奥勃洛摩夫，他乐不可支，说他也喜欢奥勃洛摩夫，俄罗斯人没有不喜欢奥勃洛摩夫的……

以前多少觉得不可思议的事情，日子过久了慢慢也就理解了。后来又看到，在受到照顾二十三年后，卢梭终于娶了女佣泰莱丝，当年卢梭初到巴黎，患了膀胱炎，她曾无微不至地照顾他；罗丹放弃了才貌双全的卡米耶，选择了"像动物一样依赖他"的罗丝;最后岁月里的普鲁斯特那么依赖亦母亦女、忠诚善良的女管家塞莱斯特,"啊!塞莱斯特,我知道您是好人,但我从来没有想过您会这么好"(让-伊夫·塔迪耶《普鲁斯特传》);在瓦雷金诺与拉拉爱得死去活来,失魂落魄回到莫斯科的日瓦戈,娶了曾在丈人家管院子的现任房管主任的小女儿玛丽娜,因为她常帮他料理家务、打扫房间,对他那些古怪举动、意气消沉都抱宽容态度,对他的牢骚、暴躁、易动肝火也毫不计较,富于牺牲精神,为他赴汤蹈火都愿意;高仓健把全部遗产留给了"养女",只要求回家后能吃上一口热饭菜……在电影《卡米耶·克洛岱尔》(1988)里,有一个场景让人印象深刻:罗丹请来访的卡米耶的哥哥、大名鼎鼎的"中国通"保尔·克洛岱尔留下便饭,餐桌上,罗丹热情地介绍那道炖肉,说是罗丝的拿手好菜,味道真的很不错,然后就满意地大快朵颐起来。那时我就知道,卡米耶没戏了,被罗丝打败了,只能去塑《熟年》。

这些事例看多了,不由不让人怀疑,是否男人,尤其是所谓的"大男人",更需要的是保姆,或母亲式的保姆,或保姆式的母亲?换句话说,一个女人,掌控男人的终极招数,就是母性?

子母恋也给人以同样印象。出生仅十天便失去了母亲的卢梭,称年长十三岁的华伦夫人为妈妈,即使后来成了情人,也终生不改此称呼;少年福楼拜曾苦恋施莱辛格夫人,在其《情感教育》里，也让青年莫罗苦追年长的阿尔努夫人；五十岁的扎朗巴先生向罗曼他娘求婚，内心里渴望获得从小缺失的母爱；还有那个发誓要娶老师的小男生，杜拉斯最后的年轻情人扬……

普鲁斯特的《追忆似水年华》似乎揭示了这种心理现象："黄昏时回到家里，在忧虑袭来的时刻（后来这忧虑迁居进爱情的领域，变得同爱情难分难舍），我也不希望有一位比我的母亲更美丽、更聪明的母亲来同我道晚安……除母亲之外，没有一个情妇能使我得到那样纤毫不乱的安宁，因为你即使信赖她们的时候都不免存有戒心，你永远不能像我接受母亲一吻那样得到她们的心；母亲的吻是完整的，不掺进任何杂念，绝无丝毫其他意图，只是一心为我。"马塞尔或者说普鲁斯特本人，从未能摆脱对母亲的依赖感，一生都在寻求母爱的替代品，不幸却总是差了那么一点点，只有"好人"塞莱斯特差相仿佛。他的母亲仿照《情感教育》，称呼他为"小弗雷德里克"，也暗示了他的恋母倾向。

对此现象，祖克曼教授的英国妻子玛丽亚，有个看似对立实则统一的判断："通过阅读各种书籍和个人经验，我感觉男人都有点怕女人，所以才有如此的行径。当然有大批男人不怕个别女人，还有不少男人不怕任何女人。但我自己的经验告诉我，他们中大多数是怕女人的。"（菲利普·罗斯《事实》）她丈夫觉得"怕"字有点过重，她说那么就改作"不信任"吧。

二战爆发后，法国进行了战争动员，有从军日记这样记载："这些家伙夜里一直在喊妈妈，妈妈。都四十岁的人了，还被当成新手来看待，自己行为做事也像个孩子。"（劳拉·阿德莱尔《杜拉斯传》）曾经去过一家养护院，专门收治有病的老人。七老八十的老头老太，有许多已经神志不清。听护工们说，不少老头时常会呼唤"妈妈"，却从来没有老太这么呼唤的。

也许可以从这个角度来理解？那么，所谓的"奥勃洛摩夫性格"，至少其中的某一个侧面，其实是说在每个"大男人"的身上，都有一个永远长不大的小男孩，一辈子都不想离开妈妈的怀抱？

> 他回家。一语不发。
> 显然发生了不愉快的事情。
> 他和衣躺下。
> 把头蒙在毯子底下。
> 双膝蜷缩。
> 他四十上下，但此刻不是。
> 他活着——却仿佛回到深达七层的
> 母亲腹中，回到护卫他的黑暗里。
> 明天他有场演讲，谈总星系
> 太空航行学中的体内平衡。

　　而现在他蜷着身子，睡着了。

　　（辛波斯卡《回家》，1972）

　　（冈察洛夫《奥勃洛摩夫》，齐蜀夫译。左琴科《日出之前》，戴骢译。让-伊夫·塔迪耶《普鲁斯特传》，李鸿飞译。普鲁斯特《在斯万家那边》第一部《贡布雷》，李恒基译。菲利普·罗斯《事实》，毛俊杰译。劳拉·阿德莱尔《杜拉斯传》，袁筱一译。辛波斯卡《回家》，陈黎、张芬龄译。）

2022 年 6 月 5 日于沪上圆方阁

君子远庖厨

　　1931 年，年仅弱冠的米沃什初到巴黎，有一种青春的狂喜和成就感；过了二十年，1951 年，身为波兰外交官的他在巴黎出走，过了十来年动荡不安的流亡生活。后来，在《西方之旅》（1959）一文里，他诉说了年轻时初到巴黎时的鲜烈印象，视巴黎为继故乡维尔诺之后，他那不幸的青年时代的第二个关键地点，并说自己从那年夏天开始就逐渐看穿了它，与他后来流亡生活中的观感已经非常接近了。他的看穿中最让我觉得有如醍醐灌顶的，是他对西方知识界与帝国关系的敏锐洞察：

　　"他们很晚才得到他们的殖民地帝国，而我们这些东方人则跪在他们的文化、他们书籍的美丽、他们绘画的卓绝面前赞叹不已……在军事远征队射杀有色人种、夺取国家和港口的同时，巴黎这些人则通过拒绝认同他们自己的政府，甚或拒绝认同他们自己的民族来享受自由，尽管他们，哪怕是穷人，又都同时得益于所有这些强权和财富。所有这些集体财富对他们来说似乎都是自然的赐予。他们证明这个法则：

别让你的左手知道你的右手所干的事。但他们崇高的言辞因他们的将军、行政长官和商人务实的努力而锦上添花。他们对资产阶级的反抗,掩藏着对秩序的秘密尊敬,而要是有人对他们说,如果他们把反抗进行到底,那将意味着再也没有小面包店、没有包装货品商店、没有猫儿在窗玻璃后的阳光中打盹的小餐馆,他们就会发抖。他们的反抗永远是一种安全的反抗,因为他们的不满和他们的虚无主义有赖于默认一个事实,也即思想和行动是由不同标准衡量的:思想,哪怕是最激烈的思想,并不会冒犯习俗。任何其他民族要是允许自己受如此剂量的毒药毒害,早就不存在了,对法国来说它却是健康的。只有当她的口号、书籍和方案被带到不同的土壤,在那些对印刷文字照单全收的人中间,它们的毁灭性力量才会显露出来。但那种默认——它允许他们反抗,不知道却又知道纪念碑将为他们而立,他们的作品将在图书馆和博物馆找到一个位置,而这些图书馆和博物馆是用从有色人种的土地榨取来的钱建造的——带来不寻常的结果,而他们则正当地受到全世界的赞赏。"

也就是说,早在 1959 年,米沃什就说出了后来萨义德在《文化与帝国主义》(1993)里提出的核心观点,那就是西方文化与帝国主义的共谋关系(左手与右手、思想与行动),哪怕是最激烈的反体制的自由主义的西方文化和西方文人,也受惠于帝国主义对于殖民地和有色人种的强权、掠夺和榨取，同时他们却又是安全的、令人尊敬的、受到全世界赞赏的。真是典型的"得了便宜还卖乖"。

或许一个甲子前，康拉德《吉姆老爷》（1900）里的那个德国人船长，已经预示了此类人物的出现："此人专爱在公共场合咒骂他的祖国，可是显然又得力于俾斯麦获胜的政策，残酷地对待所有他不害怕的人们，配上一个紫色的鼻子和一撇红色的上髭，俨然有一副'铁血政策'的派头。"

然而，他们又将如何面对帝国主义的受害者和牺牲品呢？自由的代价是对沉默者和被侮辱者的命运漠不关心吗？"如果他们俯视下面，并受到下面千百万人的苦况所传染，则责任将会使他们痛不欲生，他们的作品将会死亡；如果他们不想知道任何事情，则他们将变成伪君子，而他们受到虚幻的纯洁性保护的艺术，其形式将是伪善的，因而将是昙花一现的。"后者按鲍勃·迪伦之问，也就是"一个人能多少次转过头去／假装他什么也没看见""一个人得有多少只耳朵／才能听见人们哭泣"（《答案在风中飘》，1962）。

但西方知识界棋高一着，轻易地摆脱了两难处境。"但他们既不是充满绝望地受压抑，也不是伪君子；他们划出一条界线，声音、色彩或词语都不能越出那条界线。他们知道平衡的秘密——说实话，是一种令人不安的秘密——而也许艺术家们和哲学家们都不太值得赞赏，如果他们对被侮辱者和被剥夺权利者的命运的了解必须永远止于'界限之内'的话。"其令人不安的"平衡的秘密",其"划出一条界线",其让真相止步于那条界线的做法,用我们民间的俗话来说,就是"眼不见为净";用我们古老的雅言来说,就是"君子远庖厨":"君子之于禽兽也,见其生,不忍见其死;闻其声,不忍食其肉。是以君子远庖厨也。"(《孟子·梁惠王上》)由此,君子既不必直面血腥,又可以饱食荤腥,大快朵颐。

彼君子兮,不素餐兮!

(米沃什《站在人这边:米沃什五十年文选》,黄灿然译。康拉德《吉姆老爷》,蒲隆译。)

2022 年 6 月 16—17 日于沪上圆方阁

灯塔看守人

　　"灯塔看守人"就是"母语看守人"，显克维支的小说《灯塔看守人》（1880），告诉我们的其实乃是这一点。

　　灯塔看守人是个波兰老人，孤零零地漂泊海外四十年。在他颠沛流离的生活中，几乎没有遇到过波兰人，也从未看过波兰文书籍。他懂得西班牙语和英语，只能通过外语来接近故乡。每逢星期天，他阅读在城里买的西班牙文报纸，跟美国领事交换来的纽约《先驱报》，如饥似渴地在报上寻找欧洲的消息，可怜的苍老的心还在为祖国而跳动。他时时受到强烈思念祖国的痛苦的折磨，有时候最微不足道的原因也会唤起他的乡愁。

　　但是渐渐地，他变得孤僻了，不再去城里，不再看报纸……他对一切都开始淡漠了，对故国的思念变成了对命运的顺从。对他来说，整个世界如今都集中在这个小岛上了，他不会离开灯塔，直到自己死亡。他简直忘记了此外还有别的生活。

　　然而苏醒的时刻来临了。因为某种机缘巧合，有人寄给他一包书，他拿起一本，看了看，又放下。他的手剧烈地发抖，他用双手遮住眼睛，似乎不敢相信，他觉得这是个梦吧：书竟是波兰文的！波兰文的书籍在小岛上，在灯塔里，在他的孤独中，对于他是一种异乎寻常的东西，几乎是奇迹。书使他开始感觉到遥远的往昔。他仿佛觉得，他就像那个黑夜中的水手，有人在呼唤他的名字，用无限亲切然而久已忘却的嗓音在呼唤……他的心怦怦地跳着，小心翼翼地翻开卷首页。他似乎觉得，在他孤独的悬崖峭壁上，这一刻正举行着某种庄严的仪式。

在异国他乡的大学图书馆里，我也有过类似的经历和感受。在面对汗牛充栋的外文图书时，忽然看到了一些中文的文学作品，尽管在国内时不一定会多加关注，但一读之下还是不禁心旌摇荡，为其文从字顺的母语美所征服，也惹起了强烈的故国乡关之思。

"立陶宛，亲爱的祖国，你正如健康，／谁失去你，谁才会珍惜你如同自己的血液，／而今我苦苦思念你，在异国他乡／只为你歌唱，只为你哭泣。"灯塔看守人读到的波兰文书，是密茨凯维奇的《塔杜施先生》（1834），写1812年波兰争取独立的史事，这是全书开头的四行。"一阵强烈的激动涌上他的心头，他终于支持不住，痛哭起来，扑倒在地上。他没有见到祖国已经将近四十年了，天知道，他又有多么长久没有听到祖国的语言了，现在，这种语言自行来到他身边，这么可爱，这么优美，这么亲切！它漂洋过海，在另外半球找到了他这个孤独的老人。他的哭声中，既没有痛苦，也没有哀伤，只有突然苏醒的无限的爱，在这种爱的面前，其他一切都微不足道。他哭着，似乎祈求遥远的心爱的祖国原谅他已经那么衰老，跟孤零零的悬崖峭壁那么难分难舍，他那么自顾自，连对祖国的思念都开始淡薄了。可现在他'奇迹般地回来了'，因而他的心碎成了一片片。"结果，他因耽于阅读，梦回故园，而失职误事，忘了点亮灯塔，造成轮船搁浅，差点酿成大祸，而被炒了鱿鱼。

我年轻时也曾长年累月浪迹海外。有一次，经过一段时间的海外漂泊以后，我重新踏入了虹桥机场的海关，一位工作人员随口一句"侬回来啦"，让我不觉眼睛一酸。所以我知道那个灯塔看守人的心情，换作是我，也会因耽读而误了手头的工作吧。

在显克维支的另一篇小说《在麻里坡萨见面》（1882）里，出现过一位"灯塔看守人"的原型，是一个在当地森林中独住了二十年的波兰老人，这人与"灯塔看守人"惊人地相似。在几十年漂泊异乡的岁月里，他没有见过一个波兰人，没有与一个波兰人说过话。他家里仅有的一本波兰文书，是古老的波兰文版《圣经》。他养成了每天早晨大声朗读《圣经》的习惯，以便不忘记自己的语言，以免成为对祖先的语言一无所知的人。于是，他用一种古老的波兰语说话，用《圣经》中先知的语言说话，用亚伯拉罕和雅各的语言说话，而不知道这种语言不是现代语，而是古代语，古朴庄严，完全正确，不同寻常，却僵化艰涩，如今在波兰也已经没有人再说了。他不知道另一种波兰语，也不可能知道，他说出来的只能是他从《圣经》上吸收来的；不光他的语言，连他的思想也按《圣经》的方式成了形。但最主要的是，他在世上无论如何也不愿意忘记波兰语。

"在新的生活旅途中，他把书揣在怀里，时常用手按住，似乎害怕书也会从他怀里丢失。"《灯塔看守人》的最后，波兰老人虽然丢了工作，重新踏上了漂泊的旅途，却在精神上获得了新生，因为他拥有了波兰文书籍，密茨凯维奇的《塔杜施先生》。

这个走在新的生活旅途上的波兰人，从19世纪一直走进了20世纪。密茨凯维奇、显克维支的后人米沃什，四十岁起流亡法国，五十岁后旅居美国，却始终拒绝用外语写作，而坚持只用波兰语写作，只写给波兰语的读者看。"我无法忍受用某种外国语写作；我没有这等能力……现在我是多么开心啊，开心于我紧贴我的母语（仅仅因为我是一个波兰语诗人而不可能是别的什么）；开心于我不模仿在法国和美国的那些流亡者，他们剥掉一层皮和一种语言，换上另一层皮和另一种语言。我不否认，我的波兰语帮助我的骄傲……我仍然属于波兰文学遗产而不属于任何其他遗产……如果我要滋养那个以自由之手写作的希望，带着快乐且不受压力，那我就必须以心中只想着少数几个波兰读者的方式继续下去。"
(《我是谁》,1977)"然而波兰语是我的祖国、我的家、我的玻璃棺。我在波兰语中完成的不管什么东西——只有这才能够救我。"(《漫谈布罗茨基》,1996)米沃什堪称又一代的"灯塔看守人",虽然波兰早已经获得了独立。

不同的人对于母语当然会有不同的态度。米沃什所谓"剥掉一层皮和一种语言,换上另一层皮和另一种语言"的流亡者,指的可能是康拉德、纳博科夫、昆德拉那样的文人,他们选择了不同于"灯塔看守人"的另一条道路,也展示了不用母语创作的另一种可能性(差不多就在同一时期,在其回忆录《人,岁月,生活》里,爱伦堡也提到纳博科夫"现在是美国最有声誉的作家之一,他起初用俄文写作,后来用法文,现在用英文")。于此自然无可非议,但就我个人而言,则无疑更理解"灯塔看守人"。

又,显克维支写的这个七十来岁的灯塔看守人,很可能是在1830—1831年波兰起义失败后流亡海外的,因为他有一枚1830年获得的十字奖章,此后获得的便全是外国的奖章了;而且他三十年代流亡巴黎时,就曾读过密茨凯维奇的诗歌。命运迫使他在世上到处漂泊,将他抛向一切海洋一切国度,让他饱尝不幸和失败的痛苦。"波兰人,虽然在各民族间早已闻名,/说他热爱祖国远胜过自己的生命,/但又随时准备离开她,跑到天尽头/在漫长的岁月里忍受贫困和屈辱,

/ 去跟人抗争，同命运搏斗，无怨无悔，/ '为祖国服务！' 在暴风雨中闪着光辉。"《塔杜施先生》里的这些动人诗行，写的宛如就是这个灯塔看守人，会让漂泊了四十年的他情不能已吧。

　　我是读了《灯塔看守人》之后，再去读《塔杜施先生》的，还反复读了好几遍；回头再读《灯塔看守人》，才终于了然了其深意。一段波兰伤心史，在我面前徐徐展开，让我伤怀于过往，也理解了现实。

　　（显克维支《灯塔看守人》《在麻里坡萨见面》，翁文达译。密茨凯维奇《塔杜施先生》，易丽君、林洪亮译。米沃什《站在人这边：米沃什五十年文选》，黄灿然译。爱伦堡《人，岁月，生活》第三部，秦顺新、冯南江译。）

2022 年 6 月 19—20 日于沪上圆方阁

小石头

波兰现代诗人赫贝特经历过二战和华沙起义，其诗歌的一个鲜明特点，是对于"人"的不信任和对于"物"的信赖。比如他的那首《小石头》（1961），赞美了小石头的完美：

> 小石头
> 是一个完美的创造物
>
> 自身平等均衡
> 安守自我界限

相反地，人总是失去平衡，逾越自己的界限，人心不足蛇吞象，相比于小石头，是一种残缺的存在。

> 彻底充满
> 石头内涵

　　气味不会引起任何联想
　　不会令人惊慌，也不会勾起欲望

　　人总是有欲望，总是会人吓人，甚至人吃人，但小石头
不会，它没有欲望，不会吓人，更不会吃人。这就是小石头
的内涵，饱满而纯净的内涵，而人反而没有内涵。

　　它的热情和冷淡
　　都完全正确、充满尊严

　　人的热情和冷淡都会过度，都会超出合理的范围，就像
化验单上的指标，过犹不及，于是善就变成了恶，给人带来
了灾难。而不合理的世界，没有尊严可言：自己没有尊严，
也不让别人有；别人没有尊严，自己也不会有。

　　当我将它握于掌心
　　能感到沉重的抛掷感
　　它那高贵的躯体
　　渗透虚假的温暖

　　人类的温暖都是虚假的，不过是一个弥天大谎；当人手
握着小石头时，它也被假温暖所污染。

——小石头无法驯服
　　将至死凝视我们
　　用平静而明亮的一只眼

　　但小石头不受假温暖之骗，所以它至死无法被驯服，它用独具的慧眼，永远凝视着人类，目光平静而明亮；人却总是轻信，总是受假温暖之骗，乖乖地被驯服，交出自己的自由，任由别人宰割。

　　在另一首诗《致亨利克·艾尔赞贝格百年诞辰》里，赫贝特同样以石头为自己的人生理想，"我们生活的时代，的确只是痴人说梦／充满了喧闹和暴行／你严厉的平和、细腻的力量／教会我如何苟活于世，像一块会思想的石头／坚韧冷漠又不乏柔情"。帕斯卡尔的"会思想的芦苇"，变成了"会思想的石头"，因为时代变得更为严峻了。

　　而同样面对石头，中国诗人所想到的，是人生的脆弱和短暂，石头的稳固而长存。"青青陵上柏，磊磊涧中石。人生天地间，忽如远行客。"（古诗《青青陵上柏》）"人生非金石，岂能长寿考。"（古诗《回车驾言迈》）"人生忽如寄，寿无金石固。"（古诗《驱车上东门》）换言之，中国诗人的人石对比，主要是在时间层面上展开的，宛如李白的人月对比："今人不见古时月，今月曾经照古人。古人今人若流水，共看明月皆如此。"（《把酒问月》）中国诗人的这种人石对比，让后世读者感受到的，是一个岁月静好、现世安稳的世界。在那个世界里，没有饥馑战乱，没有压迫苦难，人对人信心满满，人所唯一担心的，只是生命的自然界限。所以日本学者吉川幸次郎认为，古诗十九首应该诞生于汉帝国全盛时，尤其可能是汉武帝的时代。

回头再看赫贝特的诗，我们看到的却是乱世：对人类完全丧失了信心，石头反而成了羡慕的对象。以小石头为象征的自然物，外在于人类，代表了与人类不同的另一极。它无知无巧，没有感觉，没有欲望，没有意识，没有语言，没有是非，没有价值观，没有意识形态，没有党派，没有主义……所以也就没有对立，没有纷争，没有控制，没有迫害，没有流亡，没有战争，没有屠杀，没有灭绝……

在另一位波兰现代诗人瓦特的笔下，诗人甚至希望退回到石头的世界里去："厌恶一切活着的事物我退回到石头世界里去：在这里得到解脱，我想我将从上面观察，但／不带骄傲，观察那些／在混乱中纠结的事物。我有一双石头的眼睛，我自己／也是石头中间一块石头，也像它们一样敏感，／朝着太阳的旋转搏动。退回到／我自己深处，石头的深处，／静止不动，沉默；变冷；通过削弱的存在／而存在……它们不变成什么，它们就那样子。没有别的。没有／别的，我想，我厌恶／所有变成什么的东西。"

如果不限于石头，那么在我们的《诗经》里，也有一首类似的诗，即《桧风·隰有苌楚》：

> 隰有苌楚，猗傩其枝（华、实）。夭之沃沃，乐
> 子之无知（家、室）。（括号中为第二三章换字。）

此诗诗旨，据毛诗序说："疾恣也。国人疾其君之淫恣，
而思无情欲者也。""疾恣"而"思无情欲者"，也正是《小
石头》等诗的宗旨，虽说有植物、石头之别，一如会思想的
石头之于芦苇。

人活在世上，本是一种侥幸；苟活于乱世，也是一种常
态。所以，我们既需要古代诗，也需要现代诗；既需要中国诗，
也需要外国诗。我们借助于它们，看清自己的存在。

（赫贝特《小石头》《致亨利克·艾尔赞贝格百年诞辰》，赵刚
译。瓦特的诗，黄灿然译。）

2022 年 6 月 29—30 日于沪上圆方阁

理想国

日渐增高的年事以及据说用诚实的方式获取的财富，赋予泽兰商人西蒙·阿德里安森以族长般的尊严。他的第三任太太希尔宗德，是一个比他年轻得多的寡妇。他们都信仰再浸礼派。这是一个秘密小团体，由一代又一代的"正义者"组成，无论他们是受迫害还是享有特权，都自认不会沾染这个世界的罪行和疯狂。一阵真诚的新风正在世上吹过，简单的爱就等同于简单的信仰，他们相信这一天已经为时不远。

西蒙的一生是财富不断增长的过程，金子源源不断地汇聚到他手中。他在阿姆斯特丹的豪宅，就像是一个坚固的保险柜，来自海外的财宝聚集在一起，一切都井然有序。然而，他们只住顶楼的一个小房间，四壁空无一物如同船舱，一切奢华只用于抚慰穷人。对于穷人，他们的大门总是敞开的，总有烤好的面包，总有点亮的灯。

他们招待的穷人中，有一个是流浪艺人汉斯，另一个是通灵的面包师扬。扬赶走主教和市政长官后，在明斯特站稳了脚跟。普天下的穷人都投奔他而去，该城成了穷人的耶路撒冷。西蒙夫妇早已厌倦了阿姆斯特丹，这里金钱、肉欲和虚荣招摇过市，人们的痛苦似乎凝固成了砖石，凝固成了虚妄和笨重的物件，精神再也无法在它们上面呼吸。于是他们卖掉了房子和家具，自愿走上了流亡之路，去明斯特寻找安身之处，与那里的穷人站在一起。

明斯特正做着围城前的准备。西蒙受命四处收款、募捐和求援。亲王兼主教的军队在城外驻扎了下来，却并不发起进攻，而是准备等到饥饿将这些穷人歼灭。扬摆弄一个新世界就像从前揉面团，在他的影响下，一切都变得不同了、容易了、简化了。凡是有衣物、餐具或者家具的人，都要拿到街上来与别人分享。所有人都以严格的方式相爱着，相互帮助，相互指摘，为了对别人的罪孽保持警觉而相互监视；世俗法律取消了，圣事也取消了；亵渎神明以及肉体的过失要遭受鞭刑；女人们蒙着面纱悄无声息地走来走去；还有人在广场上声泪俱下地当众忏悔。这座被围困的好人的堡垒，生活在对上帝的狂热之中，而希尔宗德是最狂热者之一。流浪艺人汉斯成了最受人爱戴的圣人，突然被宣布为先知和国王，不容辩驳地决定天上和尘世的一切事务。

渐渐地，就像美梦转变为恶梦，人们的内心起了变化。很多人被处死；国王命令处决软弱和温和的人，以免他们传染别人；再说，每死掉一个人就会省下一份口粮。国王已经拥有了十七个妻妾，市民们出于畏惧或虚荣，仍将自己的妻子献给他。来自底层的荡妇争相邀宠，以求满足国王的床第之欢。他也占有了虔信的希尔宗德，在他还是她招待的流浪艺人时，就曾经偷偷摸过她的大腿。他讲述自己的故事，从十六岁起，他就知道自己是神。

主教的军队终于攻入了城里，汉斯被踹进一只大笼子里。从前那些不满者和温和派在送交审判前，就被他关在这只笼子里，现在也轮到他自己了。酷刑和审判又开始了，但这次是由"合法"当局宣布的。希尔宗德像其他人那样从容就义了。只有几个人诅咒那个将他们带进这场救赎闹剧的人。

西蒙的旅行变成了苦难的历程。他回到已经沦陷的明斯特，只看到了希尔宗德的尸体，还有被关进笼子里的国王。他始终相信他们都是圣人。他怀着不变的信仰死去。

这是尤瑟纳尔的小说《苦炼》（1968）讲的一则故事。

同样的故事在人类历史上反复地上演。

（尤瑟纳尔《苦炼》，段映红译。）

2022 年 7 月 1—2 日于沪上圆方阁

有其子必有其父

　　苏格拉底：昨天，我跟阿里斯同的儿子格劳孔一块儿来到比雷埃夫斯港，参加向女神的献祭，同时观看赛会……我们做了祭献，看了表演之后正要回城。这时，克法洛斯的儿子玻勒马霍斯从老远看见了，他打发自己的家奴赶上来挽留我们……一会儿的工夫，玻勒马霍斯赶到，同来的有格劳孔的弟弟阿得曼托斯，尼客阿斯的儿子尼克拉托斯……

　　这是柏拉图《理想国》（约前4世纪中叶）的开篇，令人印象深刻的是，短短一段出场人物介绍里，我们已经看到了三个儿子（还有一个弟弟）。

　　当然，也许我们会认为，苏格拉底认识他们的父亲，所以才会提到他们是谁的儿子，那么，像阿里安《亚历山大远征记》（约2世纪中叶）的第一句话："托勒密（拉加斯之子）和阿瑞斯托布拉斯（阿瑞斯托布拉斯之子）都曾撰写过亚历山大（腓力之子）的历史。"三个人名后面，都说明了是谁的儿子，这又怎么说呢？

　　在希罗多德的《历史》里，薛西斯要去讨伐雅典人，为马拉松之役的败北复仇，为此而说了一大通的"儿子"："假如我不向雅典人亲自进行报复，那我就不是阿凯美涅斯的儿子、铁伊司佩斯的儿子、刚比西斯的儿子、居鲁士的儿子、铁伊司佩斯的儿子、阿里阿拉姆涅斯的儿子、阿尔撒美斯的儿子、叙司塔司佩斯的儿子、大流士的儿子了。"（第七卷）这么多的谁谁的"儿子"，虽是薛西斯说的，却是希罗多德写的（其中"铁伊司佩斯的儿子"重出，原文如此），这又是怎么回事呢？

原来，有其子必有其父，这是希腊的风俗习惯。也就是说，一个男子出场时，光提他的名字是不够的，还得说明他的父亲是谁，甚至他父亲的父亲是谁，否则就是来路不明了。

亚历山大初建功勋时，还承认自己是腓力的儿子。他把三百套波斯盔甲送到雅典，向雅典娜献礼，附有如下献词："谨献上从亚洲波斯人手中俘获的这些战利品。腓力和全希腊人（拉斯地蒙人除外）之子亚历山大敬献。"——拉斯地蒙人就是斯巴达人，他们从头就不服从亚历山大，说他们的习惯是领导别人，而不是被别人领导。

但亚历山大功高盖世以后，就似乎看大不起父亲了："我父亲为你们大家完成的这些崇高的事业，就其本身而言，确实是很伟大的，但跟寡人的成就相比，不免显得渺小。"他觉得腓力有点不配做他的父亲，于是就想认阿蒙——埃及人所尊崇的太阳神，做自己的父亲："据说后来人们向亚历山大礼拜时,他竟然要求人家头沾地,因为他认为他的父亲已不再是腓力,而是阿蒙了。"他的御用哲学家兼导师阿那克萨卡斯也拍他马屁,证明他是赫丘力士的儿子,而且反而是赫丘力士借了他的光,通过他才跟马其顿搭上了点关系,所以应该奉他为神来礼拜。中译者在此注释道:"亚历山大和他父亲腓力早已不和。继王位后,特别是战功日益显赫,总想认神为父,为自己增光添势,除赫丘力士外,还曾认阿蒙、宙斯等为父。"唉,有这样的儿子,他爸还怎么活呀?

好在阿里安《亚历山大远征记》的第一句和最后一句,都明明白白地写明亚历山大是腓力的儿子,盖棺论定,不让亚历山大擅自认神作父——那跟认贼作父也没啥两样吧。

⋯⋯⋯⋯⋯⋯

吾生也晚。从那以后过了两千几百年,21世纪初某年月日,我收到了一封电子邮件,是希腊塞萨洛尼基亚里士多德大学发来的,要求我确认:该校学生"Shao Nan"是否是我的儿子,拙名拼写"Shao Yiping"是否准确无误。我很想回复说作为西文拼写对是对的,不过可否径用我们本来的汉字姓名呢?后来想想就不为难他们了吧,人家正处于经济困难时期,用汉字也许会提高操作成本,于是简单地回复了确认邮件。

过了不久,收到了该大学寄来的阿南的学位证书,上面居中核心位置堂而皇之地写着:

　　兹授予　**邵南（毅平之子）**　文学硕士学位

　　刹那间，我因与亚历山大之父腓力享有同等的姓名表达方式，而对希腊文明的源远流长博大精深佩服得五体投地，对希腊人民的友好情谊善解人意也好感爆表，觉得这是迄今为止我所见过的世界上最好的学位证书（没有其二），并逮着机会就跟人介绍让儿子去希腊留学是为人父者最好的投资……

　　只不知阿南有朝一日有了出息，会否也学亚历山大的坏样子？

　　（柏拉图《理想国》，郭斌和、张竹明译。阿里安《亚历山大远征记》，李活译。希罗多德《历史》，王以铸译。）

2022 年 7 月 3 日于沪上圆方阁

爱伦堡看中国

　　小时候，我曾把"爱伦堡"跟"爱伦坡"混为一谈，还误以为它们都是地名，搞不懂为什么一会儿"堡"一会儿"坡"，"爱伦堡""爱伦坡"哪个在苏联哪个在美国……

　　后来我终于读过了他们的作品，才知道这些不是地名而是人名，这两个文人风马牛不相及，爱伦坡的影响要更大一些，爱伦堡则离我们更近一些；也才知道，爱伦堡名字的真正发音，其实应该是"爱连布尔格"，中国人叫他"爱伦堡"，他很久都没能猜到，其实叫的就是他——也难怪我搞不清楚了。不过他也了解到，在中国，外国人的名字可以用褒义字，也可以用贬义字来表现——这取决于对这个人的态度。"爱伦堡"说明了好感，意思是"爱的堡垒"——大概也是中国人告诉他的吧，反正他对这一点甚感满意。

　　爱伦堡的回忆录《人，岁月，生活》（1960—1964）是我时常翻阅的书，虽然不一定都能接受他的看法，但该书内容丰富、涉及面广着实让人惊叹。"在苏联的众多作家中，爱伦堡可以说是博古通今的一位大师。（20世纪）50年代初他来华访问，演说时谈古论今、广征博引，常使我方的翻译一时不知所措。"（冯南江《译后记》）曼德施塔姆夫人为人"毫不宽容"（布罗茨基语），于此书竟然也网开一面："从本质上看，《人，岁月，生活》是他唯一一本在我国起到正面作用的作品。"（《第二本书》，1972）其中第六部第二十八章是写中国的。1951 年，他在中国逗留了一个多月，除了北京，还去过上海和杭州，到过农村，看过长城和明陵。他是第一次看到亚洲，对他来说一切都很新奇。"本书的这一章可以被看成是插入自传中的一篇文章，但我现在所叙述的是过去曾使我激动而现在仍使我激动的事。"里面有些议论还是挺有意思的，我在自己的文章里也时常引用。

张爱玲在当时的一篇小说中曾提到，上海解放后不久，为了参加游行，关照下来叫大家都穿新解放装——大概就是中山装吧，于是大家纷纷叫了裁缝来做解放装，可北京游行却又改穿西装、旗袍了。"你知道北京为什么改变了政策？都是上次苏联作家爱伦堡到中国来，参观大游行，看见游行的人统统穿着解放装，就问旁边的译员：'这些人都是干部吗？'译员说：'不，是老百姓。'爱伦堡说：'老百姓应当穿老百姓的衣裳，太整齐划一了反而不好，像操兵似的，不像是自动自发地参加游行。'所以北京这次游行，喝！男的穿西装，女的穿旗袍、高跟鞋，旗袍而且越花花绿绿的越好。"这个小插曲在《人，岁月，生活》中竟然也写到了："我看到中国时人民共和国只有两岁。上海还有人力车，时髦女郎穿着巴黎的连衫裙在游逛，老头子还没有抛弃传统的长袍。而在北京，男男女女全都穿着同样的蓝色服装——短上衣，裤子。"爱伦堡可能跟陪同的译员谈了这一印象，却不料有关方面非常重视，立马让游行群众改了服装，其影响一直传递到了上海，连张爱玲的小说也写到了，应为爱伦堡始料所未及吧。

他对新中国刚建立时农村的贫穷落后直言不讳："我去过几个地主的家，同它们相比，一个中等水平的丹麦农民的家也应该称之为皇宫了……我在农村里却还看见古代的犁。农民的房子十分矮小：一个很低的炕上睡着全家。食物很贫乏——稀饭，有时是白薯或菜叶。农村里的妇女还是低声下气的。我看见过赤足的农民，看见过头上长疮的孩子……大多数中国人的生活水平在1951年比欧洲最贫穷的地区要低得多。"在繁忙的行程安排中能让他参观的，一定不会是最偏僻贫困落后的农村，但在他眼中已经跟欧洲没法比较了。一个国家是否现代化，最终不是看城市的高楼大厦，而是看广大农村的生活水平，这方面中国迄今还任重道远。

爱伦堡对中国了解不多，但了解得却很在点上。"每个中国人都记得过去的屈辱。只要回忆起'鸦片战争'也就够了，当时英国人被中国禁止鸦片入口所触怒，用武力取得了延长对中国人进行毒害之权，这是在宪章运动和工联发展的时代，狄更斯、萨克雷、特纳的时代。我在中国，后来在印度，都想过这一点。亚洲的民族有自己的一些旧账要同欺负者清算，这些旧账是不容易偿还的。"米沃什说西方文化界与帝国沆瀣一气，萨义德研究西方文化与帝国主义的共谋关系，爱伦堡说英国发动鸦片战争的时代，也就是宪章运动和工联发展的时代，就是狄更斯、萨克雷、特纳的时代，其实是跟米沃什、萨义德差不多的意思。当然，他很可以理解地没有提到沙俄在中国的作为，也许他一生的阅读中并不包含这部分的内容。

他自称中国之行对于他是一所学校，他直到老年才开始摆脱欧洲教育的局限。不过，比起那些一辈子都不想摆脱这种局限的人，他的眼光已经不知道要清醒多少倍了。吉卜林曾有一句"名言"：东方和西方永远不会相见。爱伦堡数落他道，他的眼睛蒙上了一条布带，认为西方比东方优越。他的格言不仅错误，而且危险。东方和西方在过去见过面，现在也常见面，希望它们将来也能见面。东方和西方有着共同的发源地，不管那些时而分、时而合的支流有多么多种多样，河水依然向前流去。以文化的共同性、以人们和各民族的团结一致为基础的思想，可能成为包罗万象的思想，而种族主义或民族主义（不论它来自什么人都是一样）及其优先地位和优越性的论点，却不可避免地引起敌视，使各民族隔离，降低文化水平，结果成为普遍的灾难。他的这些看法我认为都是对的。

他不信那些确信自己的血统、自己的宗教比别人的优越，或确信自己对某种学说的解释绝对正确的人们，竟敢从制造口头上的分裂（把自己的那些要打问号的真理同别人的那些同样要打问号的谬误分裂开来）进而动用武器——这种武器不仅能消灭一切谬误，也能消灭一切真理。他当时受国内舆论误导，这番话应是别有所指的，这个我们暂且不去管它；但以之来看世界历史和走势，我却觉得他不免过于乐观了。历史上、世界上的强加于人滔滔皆是，由此发动的大小战争也是不计其数。眼下，一场战争即在他的故乡打得难分难解。

　　（爱伦堡《人，岁月，生活》第六部，冯南江译。曼德施塔姆夫人《第二本书》，陈方译。）

2022 年 7 月 6 日于沪上阅江楼

共谋关系

奥勃洛摩夫可能是俄罗斯文学中最无能的人之一了，饱食终日，无所事事，虚度人生。但当他一早醒来，浮想联翩，想要有所作为的时候，他想到的却是：

> 到早晨又迎来了生活，又产生了激动和幻想！有时候他喜欢把自己想象为一位所向无敌的统帅，比起他来，不单拿破仑，就是叶鲁斯兰·拉札列维奇也毫不足道；他虚构出一场战争和这场战争的起因，譬如说，一些非洲的民族涌到了欧洲，或者他建立一些新的十字军，在作战，在决定一些民族的命运，在毁灭城池，在宽恕，在惩戒，在伸张正义。

再也没有比这更大的反差了：一个那么纯真善良软弱的人，却充满了帝国主义式的想法，充满了好战、惩戒、毁灭的念头，充满了征服其他民族的幻想。

奥勃洛摩夫是虚构的人物，他的激动和幻想所反映的，毋宁说是作者的心理活动。作为一个 19 世纪的俄罗斯作家，冈察洛夫的思想不可能超越时代，而他和他的人物所处的时代，正是殖民主义、帝国主义的时代。沙俄虽然远远落后于西欧各国，但在殖民、征服方面也毫不逊色，比如通过 19 世纪下半叶的几个不平等条约，就从中国割去了一百五十万平方公里的土地。那也正是冈察洛夫生活的时代，是他塑造的人物生活的时代，是他决定了人物想入非非的具体内容。他让振作起来的奥勃洛摩夫终于弄清楚了，"英国人为什么派军舰输送军队到东方去"——多半是派往中国去打罪恶的鸦片战争吧。这是西方文化与帝国主义共谋关系的一个例证了。

在萨冈的《写给让－保尔·萨特的情书》（1978）里，她把《文字生涯》（1963）看作法国文学中最才华横溢的一本书。我对萨冈的小说基本无感，但对她的这个看法却同意得不能再同意了，也愿意把她的这封情书看作法国文学中最动人的情书。我曾经一读再读《文字生涯》，惊叹于萨特可以如此谈论童年和家人，如此谈论有关文学、阅读和写作的一切。不过我也注意到了，童年萨特开始的真正阅读，是其母亲和外婆引导他阅读的儿童读物，其中充斥了殖民主义色彩，童年萨特深受其恶劣影响，也可以说是其受害者之一：

　　我认识的这个新世界乍一看好像比我熟悉的旧世

界更令人不安，在这个世界里，人们抢劫，杀戮，血流成河。印第安人、印度人、莫希干人、霍屯督人劫持姑娘，捆绑姑娘的父亲，发誓要让他死在最残忍的折磨之下。这是十足的恶。但很快，恶就在善的面前俯首帖耳地投降了。下一章，一切又都恢复正常。勇敢的白人把野蛮人杀了个落花流水，割断捆绑那位父亲的绳索，终于使父亲与女儿拥抱团聚。只有坏人才死，也死几个很次要的好人，算是为故事所付出的代价……我发现，每当秩序恢复，随之而来的就是晋升，英雄们受奖赏，得到高官显爵，受到尊敬，获得金钱。由于他们英勇奋战，一片土地被征服了，一件艺术品从土著人手中骗来，运送到我们的博物馆里。姑娘热恋着救她性命的探险家，最后以有情人结为眷属告终。

这就是童年萨特所读儿童读物中的货色。"只有坏人才死，也死几个很次要的好人，算是为故事所付出的代价"，这可以看作几乎所有好莱坞打斗片（西部片、警匪片、谍战片）的制片原则；而"一件艺术品从土著人手中骗来，运送到我们的博物馆里"，用来说明卢浮宫之类西方博物馆大部分藏品的来源，则是再贴切不过的了；"由于他们英勇奋战，一片土地被征服了"，这正是五百年来欧洲殖民史的缩影吧。

沉湎于这类读物幻想中的童年萨特，当他开始模仿着写作时，也成了一个不折不扣的小殖民主义者：

> 当土耳其近卫军挥舞他们的弯形大刀时，一片呻吟声掠过沙漠，悬岩对沙子说："此地缺一个人，那就是萨特。"就在此刻，我拨开屏风，挥舞快刀，人头纷纷应声落地，我在血河中诞生了。钢铁带来的幸福！我得到了应有的地位。

然而不久一战爆发了，战争破坏了他一向的读物，他喜爱的读物从书报亭消失了，战前流行的殖民主义读物，让位于战时的爱国主义读物，充斥着小水手、阿尔萨斯少年，以及孤儿——军团的福神，童年萨特讨厌这些新来的家伙。读或写过去那种殖民主义读物时，他想象自己就是绿林小冒险家，凭借武器的优势屠杀土著野蛮人；而在战时的爱国主义读物中，成年人重新垄断了英雄行为，儿童只有送送鸡毛信的份儿，童年萨特对此感到无比失落——一个小殖民主义者的小小失落。

与百年前的《奥勃洛摩夫》不同，这次小说主角就是作者本人，我们不能再为童年萨特开脱，说他作为虚构人物无辜，这不过是作者萨特的栽赃。不过我们又明明知道下文：作者萨特已非童年萨特，作者萨特摆脱了童年萨特。萨特一生都是反帝反殖民的斗士，为了声援阿尔及利亚人民的独立，几次三番被右翼极端分子扔炸弹。"阿尔及利亚战争期间，您的住所三次被炸，流落街头却连眉头都不皱一下。"萨冈在其情书里敬佩得五体投地。

而关于作者萨特已非童年萨特，人们给出的另一个有力证据是，萨特凭借此书获得了诺贝尔文学奖，他却弃之如敝屣，声称它只颁给西方的作家和东方的叛徒，遂把它掷还给了颁给他的机构。在他这一前所未有的举动中（此前的帕斯捷尔纳克是被迫拒领的），他也把童年时所受的殖民主义文学启蒙教育，掷还给了生产那些有害儿童读物的西方社会，从而表明了自己拒绝对西方社会浪子回头的态度，也借此打破了西方文化与帝国主义的共谋关系。

但他真的彻底做到了么？据作者萨特自己说，那些童年萨特所崇拜的英雄，那些殖民主义儿童读物中的英雄，格里塞利迪斯没有死，帕达扬仍跟他形影不离，斯特罗戈夫阴魂未散。"我隶属于他们，他们隶属于上帝，而我不相信上帝。请你们想想如何理清其中的关系吧。就我来说，我理不清。"

剪不断，理还乱。承认理不清就对了，这才是萨特的本色，也是萨冈尤为欣赏他的地方："您有时做错事，像所有人一样，但每一次您都承认，这一点却与所有人相反。"

我有时候也难免怀有一点小人之心：当1959年米沃什写《西方之旅》时，萨特正红透法国、欧洲乃至世界，米沃什所看穿的共谋关系中，是否也包含有萨特在内呢？

（冈察洛夫《奥勃洛摩夫》，齐蜀夫译。萨特《文字生涯》，沈志明译。萨冈《写给让－保尔·萨特的情书》，王海燕译。）

2022 年 7 月 16 日于沪上阅江楼

译者无权改动

　　我是通过戈宝权编译的《普希金文集》（1947），读到并喜欢上普希金诗的。那是"文革"中的1974年，我读中学的最后一年，不知通过什么途径，借到了一本《普希金文集》。发黄变脆的纸张，还是繁体字的，给人以陈旧的年代感，但有诗有文，图文并茂，充满异域情调，让我爱不释手。尤其是其中的抒情诗，翻译得很口语化，朗朗上口，又切中少年人的心性，当时就抄了不少，也背了不少。在我的印象中，虽然此前也断续接触过外国诗歌，但这是我第一次对它产生了感觉，所以我后来一直说，是戈宝权翻译的普希金诗歌，打开了我对外国诗歌的眼帘。记得听不少人说过，对外国诗歌无感，怎么都读不进去，可能就是缺了类似的机缘。如果不是遇到普希金，或者不是遇到戈译，也许我也会是这样的。

　　后来在不少场合，碰到有人背诵《假如生活欺骗了你》，或拿这首诗说事，就知道大概是我的同时代人，跟我有相似的经历，即使没有读过《普希金文集》，也一定通过其他途径（当时很多文学作品都有手抄本），读过并背下了普希金的诗歌。

因为对《普希金文集》的印象实在太深了，所以后来一直很想得到它，但始终没能如愿。最后，终于在学校图书馆里找到了它，于是就挑选其中的抒情诗部分，复印下来装订成册，也算过过旧瘾吧。

大约十来年前，广州的花城出版社出版了一套"名著名译诗丛"，都是玲珑可爱的小册子，其中的一种《我记得那美妙的瞬间》（2012），标明普希金著、戈宝权译，心知肯定是《普希金文集》中戈译的那些抒情诗了，于是赶紧去买了来，一翻果然不错，遂大喜过望。

该书卷首，附了戈氏写于1986年10月的《译者二题》，以及周良沛写于2011年12月的《出版说明》。在《译者二题》中，戈氏介绍了《普希金文集》的出版经纬："在同苏联友人罗果夫会晤以后，我们决定为了纪念普希金逝世一百十周年，由我负责编辑一本厚达四百多面和图文并茂的《普希金文集》，于1947年12月出版。在这本文集中，我翻译了魏列萨耶夫写的《普希金传略》，还翻译了普希金的四十首抒情诗和两篇童话故事诗，此外写了《普希金在中国》的研究文字……《普希金文集》出版以后，立即引起广大读者的兴趣和欢迎，在1948年再版过一次，1949年又再版过两次；从1954年改排新版，到1957年已印过九版（毅平按：戈氏说的版次其实都是印次），总印数达十二万四千册。"可惜洋洋十余万册中，没有一册与我有缘。不仅《普希金文集》其书，而且其中戈氏所译之诗，在读者中影响也很大："我译的不少普希金的抒情诗，如《致恰阿达耶夫》和《致西伯利亚的囚徒》等诗和童话故事诗《渔夫和金鱼的故事》，被收在中小学的语文课本里，编进各种外国文学作品选和外国诗选中，并经常在广播电台和诗歌朗诵会上被朗诵。"

在《译者二题》中，戈氏还介绍了新版《普希金诗集》的编选缘起："多年来，常有不少的朋友和读者写信给我，或是口头上向我提出，希望能把我翻译的普希金的诗歌作品编印成书。为了满足大家的要求，我现在编选了这本《普希金诗集》，其中收了五十首抒情诗，有些旧译都重新作了修改，有些则是近年来的新译。"《普希金诗集》1987年由北京出版社出版，现在我手头的《我记得那美妙的瞬间》，应是其更名后的重版。只是现书名并非戈氏原定，而为周良沛另起，采用普希金《致凯恩》的首句，却又改"一瞬"为"瞬间"。当然，此举无形中也满足了我多年来的渴望，但一句"有些旧译都重新作了修改"，还有周良沛《出版说明》里的"戈先生对他的译诗，几十年间不断打磨，精益求精"，却不免让我心里"咯噔"了一下——该不会把我背熟了的戈译普希金诗改得面目全非吧？

不幸预感成真，那些我背熟了的普希金诗，我的同时代人背熟了的普希金诗，无数读者和听众，尤其是中小学生，念熟听熟了的普希金诗，在本书中已经被"打磨"得几乎面目全非了，而且关键是还不一定比原译"打磨"得更好。

就拿那首脍炙人口的《假如生活欺骗了你》(1825)来说吧，《普希金文集》中的原译是这样的：

> 假如生活欺骗了你，
> 不要悲伤，不要心急！
> 阴郁的日子须要镇静：
> 相信吧，那愉快的日子即将来临。
>
> 心永远憧憬着未来；
> 现在却常是阴沉：
> 一切都是瞬息，一切都会过去；
> 而那过去了的，就会变成亲切的怀恋。

现译改为：

> 假如生活欺骗了你，
> 不要悲伤，不要心急！
> 忧郁的日子里须要镇静：
> 相信吧，快乐的日子将会来临。

心儿永远向往着未来；

现在却常是忧郁：

一切都是瞬息，一切都将会过去；

而那过去了的，就会成为亲切的怀恋。

对于初次接触此诗的读者来说，译文几乎没有什么区别，会以为我的计较是吹毛求疵，但对于已经背熟此诗的我来说，却难以接受那些无谓的改动。比如原来的"阴郁""阴沉"都改为"忧郁"，不仅意思微殊，而且导致重复；"日子"后加个"里"，"心"后加个"儿"，"都会"中加个"将"，反而啰里啰唆，甚至不对称了，反之，"那"却不妨留着；"愉快"改为"快乐"，"即将"改为"将会"，"憧憬"改为"向往"，"变成"改为"成为"，意思本来无别，实在多此一举……其实所有的改动都意思相似，加字减字也没有什么区别，那么，这样的改动又有何意义呢？相信其他背熟此诗的读者，也会有跟我相似的感觉吧。

另外，如《我的墓志铭》（1815），原译是这样的：

这儿埋葬着普希金；他和年轻的缪斯，

爱情与懒惰，共同消磨了愉快的一生；

他没有做过什么善事——可是在心灵上，

却实实在在是个好人。

文从字顺，朗朗上口，现译改为：

> 这儿埋葬着普希金；他和年轻的缪斯，
> 在爱情与懒惰中，共同度过了愉快的一生，
> 他没有做过什么好事——可是他心地善良，
> 却实实在在是个好人。

"度过"还真不如"消磨"，"善事""好事"一字之差，可"他没有做过什么好事"，却像是"坏人"的意思了，与末句"却实实在在是个好人"凿枘；"可是在心灵上，／却实实在在是个好人"，语气一气贯注，而"可是他心地善良，／却实实在在是个好人"，语气别别扭扭，多转了一次，"却"字不知所云了。

又如《哀歌》（1821）的第一节，原译是这样的：

> 我体验了自己的愿望，
> 我厌倦了自己的幻想；
> 现在留下来的只是一片苦难，
> 那心灵空虚的果实。

三四两句一气呵成，现译改为：

我体验了自己的愿望，

我厌倦了自己的幻想；

现在就只是一片痛苦，

那心灵空虚的果实留在我的心上。

三四两句的语气完全被隔断了，大概是为了跟一二两句押韵吧。

一边读着已改动过的现译，一边对照着背诵下来的原译，不免感到一种深深的失落感，就像游子重返久违的故乡，却物是人非事事休，再也看不到原来的风景原来的人……

大概有人会说，改动译文是译者的权利，读者无缘置喙。表面看上去似乎不错，但改动译文与改动文章，其间有一个很大的区别：译文代表的是原文，正因为读者读不懂原文，或者说看不到原文，所以才来读译文；译者随便改动译文，对读者来说，就相当于随便改动原文。在普希金诗的场合，译文变来变去，就等于原文变来变去；可普希金诗的原文，应该是始终不变的吧。

顺便想起了李白那首脍炙人口的《静夜思》，有人考证出了其更早更可靠的文本："床前看月光，疑是地上霜。举头望山月，低头思故乡。"但是谁来改变一下此诗的流行文本（收入《唐诗三百首》、统编版义务教育教科书语文一年级下册等）试试，一般的读者肯定是不会买账的。此乃无他，现在的文本流传已久（大约从明代开始），已在读者中约定俗成，具有很高的"背诵度"了，谁都不愿意接受改动，哪怕改为更可靠的文本。学者的考据吃力不讨好，智商很高情商很低，毕竟是象牙塔里的人，不知人间烟火怎么回事。再说了，李白的家乡当然有峨眉山，但中国广大的平原地区无山，你让广大平原地区的读者，怎么才能够"举头望山月"呢？当然是"举头望明月"更为应景。起李白于地下，也得顺应民意改一下吧；白居易写诗，还听取老婆婆的意见呢！又有人说，"明月"重复出现两次不妥，但两个"明月"读法根本不同，第一句是"明＋月光"的动宾结构，而非"明月＋光"的主谓结构或偏正结构，与第三句里的"明月"结构不同，所以不存在"明月"的重复问题。如果举行"全民公决"，流行文本肯定胜出。此乃无他，李白原来写的是"山民诗"，流传中已变成了"国民诗"乃至"全民诗"，回不去了。

有点扯远了，这里我想说的只是，作者有作者的权利，读者有读者的权利；同理，译者有译者的权利，读者有读者的权利。对于那些脍炙人口的经典，读者有权要求译文稳定，不宜随心所欲地改动。经典的译文，就像《静夜思》那样，改好了读者都不一定愿意接受，更何况改糟了呢。而像《圣经》那样保持译文的稳定，对于读者来说其实是最友好的。

爱之深者责之切，因为戈译普希金抒情诗（还有查良铮译《欧根·奥涅金》等），对我们这辈读者的影响实在太大了，所以就吹毛求疵了一通；而对于现在坊间的许多胡翻乱译，尤其是佶屈聱牙的社科类译著，我才懒得去读去理论呢。

至于《普希金诗集》或《我记得那美妙的瞬间》呢，还是留给新一代读者去熟读成诵吧（《假如生活欺骗了你》戈氏现译收入统编版义务教育教科书语文七年级下册），他们一张白纸，没有"成见"，可以从头来过；我呢，我承认自己落伍了，只好继续珍视我的《普希金文集》，哪怕只是局部复印本，因为它是我那不幸的青春时代的好友——

> 我们同干一杯吧，
> 我不幸的青春时代的好友，
> 让我们用酒来浇愁；酒杯在哪儿？
> 像这样快乐就会马上涌向心头。
>
> （《冬天的黄昏》，1825）

（戈宝权编译《普希金文集》，1947 年；《普希金诗集》，1987 年；《我记得那美妙的瞬间》，2012 年。）

2022 年 7 月 17—22 日于沪上阅江楼

普希金未能免俗

在显克维支的《灯塔看守人》里,波兰老人读得热泪盈眶的波兰文书,是密茨凯维奇的《塔杜施先生》,那是在1830—1831年波兰起义失败后,密茨凯维奇流亡巴黎期间写的,主题是波兰军团为争取祖国的光复,在1812年春天随拿破仑大军东征,一路上解放被沙俄瓜分的故土,波兰人对拿破仑大军望穿秋水,波兰战士为打败俄国人斗志昂扬:

> 要等到何时!每逢历书上出现好日子,
> 都预言法国人会在我们这儿出现;
> 于是我们就盼呀,盼呀,望穿了双眼,
> 俄国人还不是照样卡住我们的脖颈;
> 就怕太阳未出露水就淋坏了眼睛。
>
> (第四章《鼓动和围猎》)

> 拿破仑召集了一支庞大的队伍,
> 是不曾见过的,前所未有的大军;

全部波兰军队伴着法国人前进，
我们的约瑟夫和东布罗夫斯基将军
已经来临，旗帜上是我们的白鹰！
眼看就要渡河，只等拿破仑发号令；
老弟呀！我们的祖国一定会复兴！
（第六章《贵族庄园》）

他们已占领了立陶宛的大部分，
从格罗德诺一直到了斯洛尼姆，
国王发出军队休息三天的命令。
那时波兰战士虽说已十分疲惫，
却抱怨国王不许他们向前挺进；
他们一心只想尽快打败俄国人。
（第十一章《1812 年》）

　　如果说拿破仑大军入侵俄罗斯是非正义战争的话，波兰人为祖国的解放而与拿破仑结盟却有其正义的一面。这是自1795 年波兰被沙俄、普鲁士、奥地利第三次瓜分以后，波兰人英勇而徒劳的抗争中最接近成功的一次，所以密茨凯维奇深情地缅怀 1812 年的那个春天，当时他还是一个十四岁的少年，亲眼目睹了波兰人怀着胜利的信心含泪呼喊："上帝保佑拿破仑，拿破仑保佑我们！"

春天啊！有福的是那时看到你的人，

永远难忘的战争之春，丰收之神！

春天啊！谁见过你那般繁花似锦，

点缀着庄稼、青草、人群，五彩缤纷，

你充满伟大事件和无穷的希望！

我仍看得见你，梦中的美丽幻象！

我一出娘胎就受着奴役的煎熬，

在襁褓之中就被人钉上了锁链！

一生之中只有一个这样的春天。

（第十一章《1812年》）

但同样的1812年春天，同样的1830—1831年波兰起义，
在俄罗斯诗人普希金的笔下，却又是一番截然不同的景象：

"快来吧，俄罗斯在呼唤你们！

但你可要知道，我们的贵客！

波兰不会再为你们做向导，

你们可要从波兰的白骨上跨过！……"

这些话兑现了——在波罗金诺日，

我们的战旗又一次破阵闯入

再度陷落的华沙城的缺口；

波兰好像一伙奔逃的士兵，

血染的战旗丢弃在尘埃之中，

被镇压的反叛便默不作声。

这是其《波罗金诺周年纪念》（1831）诗中的一段。所谓波兰"为你们做向导"，指的就是 1812 年春天波兰军团随拿破仑大军东征。所谓"波罗金诺日"，指的是波罗金诺周年纪念日（俄历 8 月 26 日，西历 9 月 7 日），在 1812 年的那天，俄军在库图佐夫的率领下，在波罗金诺重创波法联军；在 1831 年的那天，诗人听闻俄军攻陷了华沙，宣告华沙起义的彻底失败。除了"从波兰的白骨上跨过"，此诗还有一些激烈的句子，如"我们不想焚毁他们的华沙""波兰的命运却从此被注定""看见华沙已经成了俘虏""是他带着它向布拉格挺进"……

普希金与密茨凯维奇是同时代人（生年只差一岁），分别是当时代表俄罗斯和波兰的两大诗人，但对于同样的历史事件，却因国家立场的不同，形成了截然不同的看法。相比之下，密茨凯维奇的立场显然更值得同情，普希金的立场则未能超越沙文主义。

这不免让人感慨，像普希金这样一个热情讴歌自由、反抗沙皇专制暴政的人，一个支持摆脱土耳其残暴统治的希腊革命、赞美献身于希腊革命的拜伦的人，当涉及本国的帝国主义时，却像换了一个人似的，终于未能免俗，而且公然双标——即如拿破仑的形象，在上述诗中与其他诗中也相当不同，在上述诗中是"傲慢的意志""压得各国喘不过气来的万众膜拜的神"，在《致大海》（1824）等诗中则是自由和光荣的化身，这仍由国家立场与个人立场的不同所致。如上篇所述，普希金是我第一个读上的外国诗人，他的许多抒情诗我都已能熟读成诵，爱之深者责之切，自不必为贤者讳。

而1812年拿破仑入侵俄罗斯的那场非正义战争，在我们通过托尔斯泰的《战争与和平》所了解的侧面（俄罗斯卫国战争）之外，还有波兰人借此争取从沙俄统治下光复祖国的侧面，密茨凯维奇的《塔杜施先生》生动地展示了这一点，也难怪远在异国他乡的灯塔看守人读得涕泗连连。

> 他叫立陶宛人准备迎接拿破仑，
> 还要向他请愿，表明自己的心迹，
> 要求跟自己的姊妹、王国联成一体，
> 请求他允许波兰复兴，获得独立。
>
> （第六章《贵族庄园》）

《塔杜施先生》最后的"跋诗"，也提到了1830—1831年的波兰起义，正好可与普希金的《波罗金诺周年纪念》对读：

至于说到最近洒下的淋漓鲜血，
淹漫着全波兰大地的滚滚热泪
以及至今依然不息地回响的荣光！
这一切，我们却没有精力去思量！……
因为民族正在经受这样的煎熬，
任何大勇者只要看一看他的苦难，
也会感到力不从心唯有徒劳扼腕。

凄惨的丧服使几代人浑身黑透，
无数的诅咒使空气也变得沉重，
人们的思想不敢转向那里飞翔，
那是连雷之鸟也感到恐怖的地方。

波兰母亲啊！你的坟上新土未干——
谁都没有力量说起你，把你悼念！

　　两位大诗人的诗歌，一个洋溢着征服的快感，一个充满了失败的苦痛，宛如风马牛不相及。

　　但两位大诗人也有共同之处，那就是把斯拉夫人之间的相争，看作是同胞兄弟的阋墙之争。根据中世纪的民间传说，古代有莱赫、捷赫和罗斯三兄弟，分别在三个地方安家，由此产生了三个同种族的斯拉夫部落，进而发展成了波兰、捷克和罗斯三个斯拉夫民族（罗斯则又进一步分成了俄罗斯、白俄罗斯、乌克兰）。"最好是敌对双方有寡妇或大姑娘 / 可出嫁，一切纷争都会以协议收场。/ 最持久的诉讼一般是发生在 / 宗教教派之间抑或是近亲之间，/ 因为不能用婚姻使双方捐弃前嫌。/ 因此波兰人和俄国人争吵不息，/ 虽是出自莱赫和罗斯两个同胞兄弟。"（《塔杜施先生》第十一章《1812 年》）"别吵嚷了：这是斯拉夫人的争论，/ 这是一场用不着你们来调解的 / 为命运所决定的古老的家庭纷争。/ 多少年来，这些民族，/ 彼此敌视，仇怨很深；/ 一会儿他们，一会儿我们，/ 多次迎着风暴弯下腰身。/……/ 别吵嚷了：你们没有读过 / 这些沾满了鲜血的碑文。/ 你们无法懂得家庭仇怨，/ 你们根本不懂其中底蕴；/ 克里姆林和布拉格不会理你们 /……"（普希金《给诽谤俄罗斯的人们》，1831）也就是说，斯拉夫人之间的阋墙之争，既是近亲间（莱赫与罗斯）之争，也是宗教教派间（天主教与东正教）之争，所以无解。这是两位大诗人超越国家立场的唯一共识了。

（密茨凯维奇《塔杜施先生》，易丽君、林洪亮译。普希金《波罗金诺周年纪念》《给诽谤俄罗斯的人们》，顾蕴璞译。）

2022 年 7 月 19—23 日于沪上阅江楼

一首波兰歌

　　《塔杜施先生》最后的高潮是三对新人的订婚礼，置于波兰军团解放立陶宛的背景上，婚礼被写得慷慨激昂、喜气洋洋。老兵们唱着老歌，充满了爱国情怀，场面让人动容：

> 这首老歌，波兰军人是那么爱听！
> 熟悉它的展示把乐师围得紧紧；
> 他们听着，回忆起那可怕的时光，
> 当年他们站立在祖国的坟墓上
> 哼过这支歌，而后走遍世界各方；
> 他们又想起了自己常年的流浪，
> 历尽了陆地、海洋、酷热和冰霜，
> 在异邦人中间，置身士兵的营房，
> 这民族的绝唱使他们欣慰又感伤。
> 他们听着，忧郁地把头垂到胸上。
>
> 他们又抬起了头，那旋律变得激扬，

因为乐师奏出了不同凡响的乐章。

他又居高临下地朝琴弦扫了一眼，

就合起了双手，用两只槌同时敲击：

这一击是如此美妙，又如此有力量，

那琴弦竟然发出了军号的声响，

一曲名歌伴着军号声直上九重，

一支胜利进行曲：波兰还没有亡！……

前进，东布罗夫斯基！——人们一起鼓掌，

"前进，东布罗夫斯基！"大家同声高唱！

（第十二章《让我们相亲相爱！》）

　　前一首歌是产生于 17 世纪的一首波兰老歌，题为"穿越莽丛，穿越密林，走着一个士兵"；后一首歌是拿破仑战争期间，东布罗夫斯基将军在伦巴第平原组建波兰军团，在意大利随拿破仑作战时产生的一首军歌，题为"波兰还没有亡"，后来成了波兰的国歌。东布罗夫斯基将军也出席了订婚礼，前晚还留言说想吃一顿波兰午餐，人们唱着这首军歌向他致敬，为拿破仑的健康和波兰的希望干杯，订婚礼达到了高潮中的高潮。密茨凯维奇写洋琴的演奏，写唱歌的场面，写歌声的力量，意象丰满，栩栩如生，让人想起了白居易的《琵琶行》，尽管风格完全不同。

　　同样写唱歌的场面，写波兰人唱《波兰还没有亡》，在乌克兰诗人谢甫琴科的笔下，却完全是另一番景象。在密茨凯维奇的《塔杜施先生》后不久，谢甫琴科写长诗《海达马克》（1841），歌颂了1768年乌克兰人反抗波兰贵族地主的起义，其中刻画了波兰贵族地主的种种丑态，以及他们唱《波兰不会灭亡》（即《波兰还没有亡》）的可笑场面：

> 波兰老爷又叫又吼，
> 酒坛传遍席上。
> 他们信口胡乱地唱：
> "波兰不会灭亡！"
> ……
> 只有一个贵族大醉，
> 留在凳子底下，
> 他连站也站不起来，
> 嘴里叽里呱啦：
> "我们活着，我们活着，
> 波兰不会灭亡。"

这里写的是一帮为非作歹的波兰贵族地主，到犹太人开的小酒馆里白吃白喝，百般羞辱鞭打敲诈犹太店主，喝醉了酒丑态毕露，大唱这首波兰歌，与上述密茨凯维奇写的动人场面形成了强烈的对照和反差，让人感慨国家立场的不同可以使诗人的表现如此天差地别。

其实《波兰还没有亡》这首歌产生于18、19世纪之交，在1768年乌克兰人反抗波兰起义时还没有产生，谢甫琴科之所以把它提前了，乃是要用它来代表波兰贵族地主，也顺便讽刺波兰已"亡"的现实处境。此外，少年时节，谢甫琴科常跟随地主去维尔诺，在那儿学会了波兰文，读到过密茨凯维奇的诗歌作品，上述描写不知是否也有针对性？

谢甫琴科生活在波兰已被俄普奥三国瓜分的19世纪，回首波兰"亡"前其贵族地主在乌克兰的斑斑劣迹，写下了诸多类似《海达马克》的诗歌，如《塔拉斯之夜》（1838）等，揭露了波兰贵族地主的罪恶，歌颂了乌克兰哥萨克的反抗，也控诉了波兰军队的残酷镇压，反抗和镇压的场面都写得非常血腥非常"哥萨克"。

> 波兰贵族有个时期
> 曾经趾高气扬；
> 跟鞑靼人、苏丹，
> 跟德国人、莫斯卡里
> 也曾互相较量……
> 的确有过那个时期……
> 可已一去不返！
> 那时他们确是神气，

日夜作乐寻欢。

……

贵族党员四处散开，

散到沃伦、波兰，

散到摩尔达维亚跟立陶宛，

以及咱乌克兰；

他们散开，也忘记了

什么拯救自由，

却跟商人互相勾结，

共同掠夺抢偷。

他们到处胡作非为，

到处烧毁教堂……

海达马克于是祭刀，

发动起义反抗。

……

贵族党党员们竟做出这种事，

亏他们还宣誓要捍卫自由。

捍卫，呸！……生他们的母狗该挨揍，

养他们的时辰也应该被诅咒：

咒它们生下了这一群恶狗！

（《海达马克》）

作者自注：“看见的人都这样谈论（波兰）贵族党员；这也不奇怪：这些都是有名誉而无纪律的贵族；活儿不肯干，饭可得吃。”

> 我的不幸的乌克兰啊，
> 你遭受到波兰人的践踏！
> 乌克兰啊，乌克兰！
> 你是我的心啊，你是我的母亲！
> 只要一想起你的命运，
> 我的心啊就哭泣悲伤！
> ……
> 哥萨克歌唱起来，
> 歌唱那些夜晚，——
> 那些流血的夜，
> 对于哥萨克，
> 它成了光荣的塔拉斯之夜，
> 至于波兰人则被送进阴间地府。
> （《塔拉斯之夜》）

除了贪婪的波兰贵族地主之外，还有 1596 年波兰强求教会合并，也是导致两个民族纷争的主因：

斯拉夫人的手，浸在弟兄们的血中，
想着叫人难过。
都是天主教的教士、耶稣会的教徒——
他们犯的过错！
（《海达马克》）

诗人自注："在教会合并前，哥萨克和波兰人是和睦相处的，要不是耶稣会教徒，也许就不会厮杀。"在另一首诗《致波兰人》（1847，1850）中，谢甫琴科也写道：

当我们还是哥萨克的时候，
合并还没有开始，
我们那时生活得多么愉快！
我们和自由的波兰人结成兄弟，
……
突然间，波兰的天主教士以基督的名义来到，
焚毁掉我们平静的天堂。
那时候，眼泪和鲜血
流成了辽阔的海洋，
他们以基督的名义
使孤儿受尽苦难……
哥萨克开始垂下头来，

就像被践踏的小草一样，
乌克兰在哭泣，呻吟！
头颅一个跟着一个地
纷纷落地。
······
看吧，波兰人，我的朋友，弟兄！
那些贪婪的天主教士和大地主
把我们拆散，分开，
否则我们现在还会生活在一起。

　　以上这些有关波兰贵族地主和天主教士在乌克兰为非作
歹的内容，在《塔杜施先生》中可是完全看不到的，大概密
茨凯维奇也未必有机会了解；但他说的"最持久的诉讼一般
是发生在 / 宗教教派之间抑或是近亲之间"，施诸乌克兰与
波兰之间也是千真万确的。

　　（密茨凯维奇《塔杜施先生》，易丽君、林洪亮译。谢甫琴科《海
达马克》，任溶溶译；《谢甫琴科诗选》，戈宝权译。）

2022 年 7 月 24 日于沪上阅江楼

"下流的诽谤诗"

　　曼德施塔姆可真敢写呀，1933年11月他写了这样一首诗，
从而决定了自己的不幸命运：

　　　　我们活着，感不到国家的存在，
　　　　我们说话，声音传不到十步外，
　　　　哪里只要一听到悄悄的话音，
　　　　就让你想起克里姆林官的山民，
　　　　他那粗大的手指肥壮如青虫，
　　　　他的话有一普特秤砣那么重，
　　　　一双蟑螂眼睛露出盈盈笑意，
　　　　两只靴筒闪耀着光彩熠熠。

　　　　细脖子头头们对他众星拱月，
　　　　半人半妖的怪物任他戏弄取乐，
　　　　有的吱吱，有的咪咪或抽泣，
　　　　就让他一个人厉声粗气地称呼"你"。

他送人的指令像连连钉马蹄铁掌——
朝大腿，朝脑门，朝眉心或眼眶，
每判定一次死刑，他感到欢欣，
总要挺挺奥塞梯人特有的宽胸。

　　据说他是看到当时乌克兰的大饥荒，精神受到了强烈刺激而失控后写的，所以难免就有了人身攻击的色彩，被官方认为是"下流的诽谤诗"。这让他倒了大霉，半年后以此被捕。阿赫玛托娃、帕斯捷尔纳克、布哈林都曾为他求情，但最终谁也救不了他，改写颂诗也为时已晚，四年后瘐死狱中，尸骨无存。

　　曼德施塔姆在乌克兰田野上感受到的，除了饿殍满地、哀鸿遍野的大饥荒，应该还有往昔诗人亡灵的感召。就在他之前不到百年，乌克兰诗人谢甫琴科也写过一首类似的诗《梦》（1844），辛辣地讽刺了历代及时任沙皇，因此被流放了整整十年多，堪称是曼德施塔姆的先驱。诗中这样描写了尼古拉一世夫妇：

　　　　"那么，我到哪儿去找那个活宝贝？"
　　　　"瞧，你到皇室里去找吧。"
　　　　……
　　　　于是我又像一个看不见的隐身人

走进了皇宫，

哦，我的老天爷啊！！

这才真是天堂？

谄媚逢迎的食客们满身披金戴银！

他本人就在这儿，

个子高大，脾气易怒，

从容不迫地走了出来；紧跟着他的，

是一位瘦小、细腿，

体弱的皇后，

她干瘪得像树根上的蘑菇一样，

而且她啊，这个可怜的人啊，

脑袋还在摇晃。

原来你就是女神！

你可真没有办法。

……

而那个怪物似的皇后，

像在鸟群中间的一只仙鹤，

一蹦一跳，振作着精神。

他们长久地来回走动，

像一对闷闷不乐的猫头鹰。

……

仿佛一头狗熊从洞里爬出来，

那个人慢吞吞、慢吞吞地抬着脚步，

他全身臃肿，脸色发青！

那可恶的宿醉

把他折磨得好苦。

……

我看着，还要发生什么事，

这头小狗熊啊

还要做什么事！

他站在那里，

低垂着头，

真是丧气。

狗熊的本性又到哪儿去了呢？

他安静得像一只小猫。

　　难怪沙皇读了诗后要流放诗人，而且禁止诗人写诗和作画；也难怪继任沙皇不肯大赦诗人，否则太有辱他的双亲大人了。

　　十六年后皇后去世，谢甫琴科继续开骂，所用语气极为粗鄙，公然骂皇后为"母狗"："虽说不打倒躺下去的人，/ 但也不能让坏人安然长眠。/ 你啊，哦，你这条母狗！/ 无论是我们本人，无论是我们的子孙，/ 全世界的人都要咒骂你！/ 对你生下来的 / 那些肥头胖耳的狗崽子，/ 不是诅咒，而是唾骂。"（《"虽说不打倒躺下去的人"》，1860）——皇后生下来的"那些肥头胖耳的狗崽子"中，自然有那位亚历山大二世，就是在他担任沙皇期间，割去了中国一百五十万平方公里的土地！谢甫琴科甚至预言了沙皇的末日："而人们将会不动声色地，／不用任何暴力，／就把沙皇送上断头台。"（同上）五十八年后，1918 年 7 月 17 日凌晨，末代沙皇尼古拉二世——尼古拉一世夫妇的曾孙——一家七口在叶卡捷琳堡被秘密处决。"哦，人们！可怜的人们！／为什么你们需要沙皇？／为什么你们需要看管猎狗的人？／要晓得，你们不是狗，你们是人！／……／什么时候审判才会来临？／大地上所有的沙皇和皇太子／什么时候才会受到严惩？"（《"哦，人们！可怜的人们！"》，1860）——哦，人们！可怜的人们！不要妄言二月革命、十月革命无因而至！

在《梦》中，谢甫琴科还讽刺了俄罗斯的那些帮闲诗人，指责他们用一些溜须拍马的歪诗误导了他，还以为皇后是一个美如天仙的女神：

> 而我这个傻瓜从来也没有见过你，
> 这回我可上了当，
> 因为我相信了
> 你那些猪脸孔的拙劣的帮闲诗人。

我像蠢材一样！要晓得，我是失败啦！
相信了俄罗斯人所写的那些东西。
现在你去读读这些东西，
你来相信他们吧！

　　将近一个世纪后，曼德施塔姆用他那首"下流的诽谤诗"，为俄罗斯诗人振刷了耻辱，而且在刻画的形象和讽刺的力度上，较之谢甫琴科有过之而无不及。

　　而帕斯捷尔纳克关于"傻瓜和猪"的说法，换来了围绕《日瓦戈医生》的迫害，相比之下就只能说是小事一桩了。

　　不过，帕斯捷尔纳克虽曾为救曼德施塔姆四处奔走，但对于其诗末行的拿民族身份说事却颇有微词："他怎么能写出这东西？亏他还是个犹太人！"这话的意思是："作为犹太人并深知何为不宽容的曼德施塔姆，岂可挖苦他人的民族身份，即便针对的是一个暴君？"（贝科夫《帕斯捷尔纳克传》）曼德施塔姆夫人坦承一直不明白帕斯捷尔纳克的思路，也就难怪她在对苏尔科夫抱怨吉洪诺夫言而无信时会说："他完全变成了一个狡猾的中国人。"（《曼德施塔姆夫人回忆录》，1970）不得不说，在这一点上，帕斯捷尔纳克是对的，曼德施塔姆夫妇错了。

　　（曼德施塔姆诗，顾蕴璞译。谢甫琴科《谢甫琴科诗选》，戈宝权译。

贝科夫《帕斯捷尔纳克传》，王嘎译。《曼德施塔姆夫人回忆录》，刘文飞译。）

2022 年 7 月 27 日于沪上阅江楼

哥萨克与犹太人

果戈理和谢甫琴科都是"哥萨克光荣的歌者",都为哥萨克,尤其是乌克兰哥萨克说话,写他们在沙皇统治下遭受的苦难,歌颂他们反抗波兰贵族地主的起义,为他们的英雄事迹树碑立传。然而对于哥萨克虐犹的暴行,他们却是睁一只眼闭一只眼,他们作品中的犹太人形象,也以负面的丑陋的居多。

果戈理的小说《塔拉斯·布尔巴》(1835),写到哥萨克对犹太人的愤怒,"犹太人在基督教的国土上令人发指地占着支配权",即如小说中犹太人形象的代表杨凯尔:

> 他在这儿已经成了一个土地经租人和酒店老板;他渐渐把附近一带所有的波兰地主和绅士都抓在自己的手掌心里,渐渐吸干了几乎全部的金钱,使这一带的人都强烈地感觉到这犹太人的影响。在周围三哩的范围内,不再剩下一所完整无恙的茅舍:全都倒塌了,毁坏了,喝酒喝光了,剩下的只是贫穷和褴褛;像遭

了火灾或者瘟疫一样，整个地区连根铲光了。如果杨凯尔再在这儿待上十年，他大概会把整个总督管辖区都铲得精光的。

但尽管犹太人经济实力如此，在哥萨克的鄙视链上，犹太人却仅高于异教徒，仍居于最低贱最卑微的层次，招致诸多的成见和偏见。"你们犹太人可是天生会玩这一套的。你们连鬼都欺骗，你们懂得所有的把戏。""俗话说得好，犹太人打定主意想偷，连他自己也能偷走的。""一个犹太人要是胆敢在老爷面前撒谎，就要把他像条狗似的吊起来。"犹太人的形象全是丑陋的，负面的，正如上述那个犹太人杨凯尔所说："不管什么坏事，总要推在犹太人身上；因为大家把犹太人看作狗；因为大家想，如果是犹太人，那就不是人。"比如在哥萨克中纷纷谣传："现在教堂都典押给犹太人了。要是预先不付钱给犹太人，那么弥撒也做不成……并且，狗犹太要是不用他不洁净的手在神圣的乳渣糕上做个记号，那么乳渣糕是不能拿去奉祀的……据说，犹太女人已经把牧师的法衣拿去缝裙子穿了。"于是一场屠犹惨案就由此引发了。

"绞死所有的犹太人！"群众中间有人喊起来。
"叫他们不能再用牧师的法衣给犹太女人缝裙

子！叫他们不能再在神圣的乳渣糕上画记号！把这些邪魔外道的家伙统统淹死在第聂伯河里！"

群众中间不知是谁说出的这些话，像一阵闪电似的在大家头上掠过，于是群众怀着杀死所有的犹太人的愿望，直奔近郊去了。

以色列族的可怜的后裔们连本来就很微弱的仅有的一点胆量也丧失了，藏到空酒桶和暖炉里去，甚至钻到自己的犹太婆娘的裙子底下去；可是，哥萨克们到处都把他们找了出来。

……………

"该死的犹太人！老乡们，把他们扔到第聂伯河里去！把他们全部淹死，这些邪魔外道的家伙！"

这些话是一个信号。人们抓住犹太人的胳膊，开始把他们扔到波涛里去。四面八方响起了悲惨的喊声，可是严酷的扎波罗热人眼望犹太人的穿着鞋袜的脚在空中不住地乱蹬，只是一个劲儿地哈哈大笑。

在与布琼尼的争论中，高尔基提到了果戈理的《塔拉斯·布尔巴》："总之，这样的扎波罗热哥萨克不存在，果戈理的故事也就是一个美好的假象。"那么，能说其中的屠犹场面也只是一个残酷的假象吗？

在谢甫琴科的诗中，跟果戈理的小说中一样，犹太人的形象也是负面的，品性不是吝啬就是势利。说起犹太人，便是诸如"吝啬的犹太佬"（《梦》，1844），"我的一望无边的草原啊，／被出卖给犹太鬼、德国佬"（《被掘开的坟墓》，1843），"信仰被出卖给了犹太人，／教堂不让人们走进大门"（《塔拉斯之夜》）。在长诗《海达马克》里，一个开酒店的犹太老板更是"吝啬而势利"，开口闭口"有钱样样好办"，被波兰贵族党员骂"肥猪""老狗"，百般羞辱鞭打敲诈，也只能忍气吞声，反把教会长老给出卖了，说长老有钱，还有个漂亮女儿，结果他们让他带路，打死了长老，抢走了长老女儿，他成了事实上的帮凶。哥萨克起义了，他便化装成哥萨克，冒充起义者，被哥萨克骂"恶狗""狡猾的狗"……总之是一个非常不堪的角色。

只是到了巴别尔的《骑兵军》，由于作者本人就是犹太人，才提供了一个全新的视角，表现了犹太人的悲惨处境，哥萨克对于犹太人的残暴。

1648 年，乌克兰哥萨克在赫麦尔尼茨基领导下起义，反抗波兰人的统治，脱离了波兰共和国，1654 年宣布与俄罗斯合并；与此同时，赫麦尔尼茨基屠杀了十万乌克兰犹太人，成为俄乌历史上发生的第一次大规模屠犹。巴别尔的小说中也提到过该惨案："犹太小镇的一座墓葬地……是被博格丹·赫麦尔尼茨基的哥萨克杀害的阿兹里尔·拉比的墓室。一家四代都长眠在这墓室内。"（《科齐纳的墓葬地》）而在巴别尔亲历的 1918—1920 年内战中，又有十万乌克兰犹太人惨遭屠戮。

> 在我窗前，有几名哥萨克正以间谍罪处死一名白发苍苍的犹太老人。那老人突然尖叫一声，挣脱了开来。说时迟，那时快，机枪队的一名卷发的小伙子揪过老头的脑袋，夹到胳肢窝里。犹太老头不再吱声，两条腿劈了开来。鬈毛用右手抽出匕首，轻手轻脚地杀死了老头，不让血溅出来。事毕，他敲了敲一扇紧闭着的窗。
>
> "要是谁有兴趣，"他说，"就出来收尸吧。这个自由是有的……"（《小城别列斯捷奇科》）

这是哥萨克无数次屠犹行为中的一次，为"我"所亲眼目睹，直笔记录了下来。这些屠犹的哥萨克还是布琼尼的骑兵军的，所以开旧货铺的犹太老板基大利困惑道："波兰人是恶狗。他们抓犹太人，把他们的胡子拔掉……可波兰人也（对犹太人）开枪，我的好老爷，因为他们是——反革命。你们（对犹太人）开枪，因为你们是——革命……可见闹革命的是恶人，波兰人也是恶人。谁又能告诉基大利，革命和反革命的区别何在？"（《基大利》）基大利的困惑正代表了作者的不解吧。

如上所引，在果戈理的《塔拉斯·布尔巴》中，也写到了哥萨克的屠犹行为，但作者的立场毋宁说是暧昧的。巴别尔则揭露了严酷的现实，哥萨克不分红白，都以屠犹为乐，就像其日记里写的："同样的仇恨，同样的残忍，都是哥萨克，军队却不同，多么荒唐。"（1920年8月28日）而且屠犹者不分种族，也像其日记里写的："日托米尔大屠杀，先是波兰人，随后呢，当然是哥萨克。"（1920年6月3日）"不幸的犹太居民，一切都在重演，当代历史——波兰人——哥萨克——犹太人——惊人相似地重复。"（1920年7月18日）

　　战地静悄悄的，我听到了远处微弱的呻吟声。秘密屠杀的烟雾弥漫在我们四周。

　　"在枪杀什么人，"我说，"不知在枪杀谁？……"

　　"波兰人慌了手脚，"庄稼汉回答我说，"波兰人在杀犹太佬……"

　　……

　　"犹太佬把人都得罪光了，把两边的人都得罪了。等打完仗他们就剩不下多少人啦。世界上总共有多少犹太佬？"

　　"一千万。"我回答说，动手给马戴上嚼子。

　　"那至多剩下两万人。"庄稼汉大声说。（《札莫希奇市》）

这段让人毛骨悚然的对话，在小说中发生于 1920 年，还在奥斯维辛之前二十年，也在作者被处决前二十年。作为犹太人的巴别尔，在对话时不知作何感想？

　　至于波兰人曾经的虐犹暴行，在密茨凯维奇的《塔杜施先生》中当然也是看不到的，同样有赖于《骑兵军》这样的作品。

　　（果戈理《塔拉斯·布尔巴》，满涛译。谢甫琴科《谢甫琴科诗选》，戈宝权译。巴别尔《骑兵军》，戴骢译。）

2022 年 7 月 28 日于沪上阅江楼

大义灭子

　　成语有"大义灭亲"，却无"大义灭子"，但这类事情还是有的，比如王莽令次子自杀："莽杜门自守，其中子获杀奴，莽切责获，令自杀。"（《汉书·王莽传上》）其实依照当时的刑律，贵族杀奴罪不至死，但王莽硬要"大义灭子"。后来，其长子也因犯事，为莽执送狱中，饮鸩死。"子爱至深，为帝室故不敢顾私。"（同上）其表面上的"大义"，都是所谓的"公义"；其骨子里的算计，却是自己的"清誉"。"初，莽以事母、养嫂、抚兄子为名，及后悖虐，复以示公义焉。"（同上）总之就是矫情，以儿子为牺牲，示天下以无私，以售其大奸。

　　都说"虎毒不食子"，"灭子"绝非寻常事，非得有"大义"撑腰不可，离了所谓的"大义"，绝对匪夷所思。但文化不同，观念有异，或时过境迁，或越陌度阡，"大义"是不同的，"大义"是会变的，本来的天经地义，会变成不可思议，留下的只有残忍。

　　欧陆文学中，阅读所及，"大义灭子"的故事倒有不少，所持的"大义"也是五花八门。

梅里美的小说《马铁奥大义灭亲》（1829），写科西嘉岛的民风剽悍而粗犷，绝不肯出卖官府抓捕的强盗或逃犯；但当地"有声望的人物"马铁奥的爱子，却因贪图一块怀表的蝇头小利，出卖了藏身于他家干草堆里的逃犯，损害了马铁奥家在江湖上的名声，于是马铁奥为"大义"亲手处死了儿子：

> "噢，爹，饶了我吧！宽恕我这一次：我再也不敢了！我一定会拼命恳求班长表叔饶了吉阿内托！"
>
> 他的话还没说完，马铁奥已经把枪装上了弹药，一面对他瞄准，一面对他说：
>
> "让上帝饶恕你吧！"
>
> 孩子绝望地挣扎着站起来，想抱住父亲的两膝，但已经来不及了。马铁奥扣动扳机，福图纳多倒下身亡。

马铁奥所持的"大义"，是《水浒传》式的"江湖义气"，亲子之情也得为此让路。

果戈理的小说《塔拉斯·布尔巴》（1835），写老布尔巴"大义灭子"，亲手打死了次子安德烈，因为他被波兰美女迷住了，背叛了自己的乌克兰祖国。"谁说我的祖国是乌克兰？谁把它给我做祖国的？""我的祖国就是你！你就是我的祖国！"

"你就这样甘心出卖？出卖信仰？出卖自己人？站住，滚下马来！"

他像小孩一般恭顺地从马上滚下来，半死不活地站在塔拉斯面前。

"站住，不许动！我生了你，我也要打死你！"塔拉斯说，往后倒退一步，从肩上取下枪来……塔拉斯开枪了。

于是一个哥萨克毁灭了，他的哥萨克骑士精神永远消失了，他再也看不见自己的祖国和父亲的庄园，乌克兰也再也看不见自己那个保家卫国的最勇敢的儿子了，他的父亲将诅咒自己养出了这样的儿子。

老布尔巴所持的"大义"，是"民族大义"或"国家大义"。谢甫琴科在《献给果戈理》（1844）一诗中，感慨江河日下，人心不古，再无老布尔巴这样的"壮举"：

> 亲爱的祖国
> 再听不到自由的炮声。
> 年老的父亲
> 再也不会为了乌克兰的
> 自由、光荣和荣誉，
> 把自己心爱的儿子杀掉；

他现在不是杀掉，而是抚养成长，
奉献给俄国沙皇送上疆场，
他说："这是我们寡妇的贡献，
请你收下吧。"
他把他奉献给沙皇
和野狗般的德国佬……

在《霍洛德内·亚尔》（1845）一诗中，谢甫琴科也提到了此事：

强盗不会把狡猾的儿子判处死刑；
不会对自己的祖国
献出自己的一片丹心。

谢甫琴科自己呢，也在长诗《海达马克》里，写了起义者领袖冈塔处死自己两个儿子的惨事，就因为信异教的妻子让两个孩子也改宗了异教。他表面上装得大义凛然，内心里其实极为痛苦：

"吃人鬼在哪儿？在哪儿躲起来？
吃掉了我的儿，我怎么能活！
我要哭哭不出！我有苦跟谁说！

我两个小宝贝再不能复活！

……

到如今我日子还怎么能过！

我要哭哭不出！天上的星星啊！

快躲到云背后——我不要你们。

我杀了亲生子！……我伤心，我难过！

叫我上哪儿去？我没处安身！"

半夜里哥萨克们都在痛饮狂欢，冈塔却偷偷跑去掩埋儿子，那一大段吟唱更是惨不忍闻，不说也罢，不说也罢！冈塔所持的"大义"，是坚守宗教信仰，与异教徒势如水火。

……

其中哪个故事更惨呢？

那些"大义"后来变了吗？

那些"大义凛然"的西洋父亲，跟这里的王莽有什么区别？

（梅里美《马铁奥大义灭亲》，张冠尧译。果戈理《塔拉斯·布尔巴》，满涛译。谢甫琴科《谢甫琴科诗选》，戈宝权译；《海达马克》，任溶溶译。）

2022 年 7 月 25 日、8 月 8 日于沪上阅江楼

战争与母亲

　　1793 年 5 月末，巴黎派到旺代来平叛的红帽子联队中的一个侦察小分队，在布列塔尼的密林中发现了一个乡下女人，带着分别是四岁、三岁、一岁半的三个小孩。女人惊讶、害怕，吓呆了，仿佛在梦中似的望着周围这些步枪，这些马刀，这些刺刀，这些凶恶的脸。带队的曹长疑心她是间谍，因为间谍也有女的，女间谍抓到也是要枪毙的，于是便审问她，进行了如下对话：

　　　　我问你，你的政治见解怎样？——我不知道。
　　　　你的祖国是哪一国？——我不知道。
　　　　怎么！你不知道你自己是什么地方人吗？——哦！什么地方人。我知道的。我是西斯各依纳田庄的人，在阿舍教区的。
　　　　这不是一个国家呀。——这是我的家乡。
　　　　你的家在那儿吗？——是的。
　　　　干什么的？——人都死光了。我一个亲人也没有了。

你有房子吗？——我本来有一所房子，在阿舍。

你为什么不留在房子里？——因为他们把房子烧掉了。

他们是谁？——我不知道。是打仗。

你打哪儿来？——打那边来。

你到哪儿去？——我不知道。

照实说。你是什么人？——我不知道。

你不知道你是什么人吗？——我们是逃难的人。

你是哪一党的？——我不知道。

你是蓝的？还是白的？你跟谁在一起？——我跟我的孩子在一起。

　　一个寡妇，三个孤儿，逃难，没有人照顾，孤寂，战争在四面八方号叫，肚饿，口渴，除了草以外没别的食物，除了天空以外没有别的屋盖。

　　这是雨果的小说《九三年》（1874）开头的一个情节，我把其中的对话重新组织了一下，理由下文马上就会见分晓。小说的最后，旺代的叛军头目朗特纳克侯爵本来可以逃脱，但听到了这位母亲绝望的呼救，于是放弃了自己的逃生机会，从大火中救出了她的三个孩子，然后被共和国军队逮捕；红帽子联队的首领郭文出于人道主义的理由，放走了朗特纳克，自己则上了断头台。"在绝对正确的革命之上，还有一个绝对正确的人道主义。"可以说，这位母亲既是残酷战争受害者的集中体现，也是雨果超越战争的人道主义的形象寄托——没有什么比从母亲的角度控诉战争更有力的了。

过了将近百年，在越南战争的腥风血雨中，波兰诗人辛波斯卡写下了《越南》（1967）一诗，其控诉战争的方式，宛如《九三年》式问答的简明版：

妇人，你叫什么名字？——我不知道。

你生于何时，来自何处？——我不知道。

你为什么在地上挖洞？——我不知道。

你在这里多久了？——我不知道。

你为什么咬我的手指？——我不知道。

你不知道我们不会害你吗？——我不知道。

你站在哪一方？——我不知道。

战争正进行着，你必须有所选择。——我不知道。

你的村子还存在吗？——我不知道。

这些是你的孩子吗？——是的。

此诗的画面感、现场感很强，我们仿佛看见一伙大兵，端着或挎着枪，在盘问一个茫然无措的女人。女人失魂落魄，一问三不知，尤其不知道应该如何表态站队，只有几个孩子牵动着她的全部身心。仅仅通过这样一段对话，战争的无谓和残酷就暴露无遗了。

辛波斯卡读过《九三年》吗？此诗是祖构还是冥契？她也许读过，也许没有；也许是冥契，也许是祖构。斯人已逝，无从质疑。

辛波斯卡还有一首类似的《养老院》（1972），也是从母亲的角度写的反战诗，读了让人唏嘘不已，尤其是如果把它看作《越南》的姊妹篇，甚至把它看作《九三年》的下文：

> "如果，他们能从战争中幸存，我就不会在这里。
> 我将和一个儿子度过冬天，和另一个度过夏天。"
> 是什么让她如此确信？
> 此时，如果与这位母亲在一起，我也会是她死去的儿子。
>
> 她不停地问着（"我并不想窥探隐私"）
> 为什么，你的儿女没有任何音信，
> 即使在他们死去之前。"如果我的孩子们还活着，
> 我将与第三个儿子度过所有的假期。"

（雨果《九三年》，郑永慧译。辛波斯卡《越南》，陈黎、张芬龄译；《养老院》，胡桑译。）

2022年8月9日于沪上阅江楼

白天不懂夜的黑

辛波斯卡的《金婚纪念日》（1962），一般认为是解构美满婚姻神话之作，尤其是解构"与子偕老"神话之作。"在《金婚纪念日》，她道出美满婚姻的神话背后的阴影——长期妥协、包容的婚姻磨蚀了一个人的个性特质，也抹煞了珍贵的个别差异。"（陈黎、张芬龄《种种荒谬与欢笑的可能：阅读辛波斯卡》）迎来金婚纪念日的他俩，原来应该是非常不同的，然而，随着岁月的流逝，他俩渐渐地趋同：

> 他们一定有过不同点，
> 水和火，一定有过巨大的差异，
> 一定曾互相偷取并且赠予
> 情欲，攻击彼此的差异。
> 紧紧搂着，他们窃用、剥夺对方
> 如此之久
> 终至怀里拥着的只剩空气——
> 在闪电离去后，透明清澄。

> ……
> 性别模糊，神秘感渐失，
> 差异交会成雷同，
> 一如所有的颜色都褪成了白色。
> ……
> 渐渐地，凝望有了孪生兄弟。
> 熟稔是最好的母亲——
> 不偏袒任何一个孩子，
> 几乎分不清谁是谁。
> ……

令人羡慕的"与子偕老""白头到老"的真相，原来不过如此，至少在诗人犀利的眼中、笔下是如此。

在辛波斯卡此诗的一百多年前，果戈理的第二部小说集《密尔格拉得》（1835）里，收入了一篇《旧式地主》，写了一对老夫妇的故事，几乎就是辛波斯卡此诗的完美诠释。"他们从来都没有被'强烈的激动烦扰过'，促使他们相敬相爱地生活在一起的，只是一种'长时期的、缓慢的、几乎是麻木不仁的习惯'。"（满涛《密尔格拉得》译者序）真正的故事开始于老太太去世前后，老太太临终前最放心不下的是老先生：

"我就要死去，这毫不足惜。我只抱憾一件事（一声深深的叹息暂时打断了她的话头）：我抱憾的是，我不知道把您交托给谁才好，我死之后谁会来照看您。您像个小宝宝：必须有一个真心向着您的人，才能够来看护您。"

她说着，脸上流露出这样一种深深的、蚀骨的、恳挚的怜惜之情，我真不知道，谁能够在这时候看着她而无动于衷……可怜的老太太！她在这时候不想到那等待着她的重大的一刻，不想到自己的灵魂，也不想到自己的死后的生命；她只想到自己的可怜的伴侣，她跟他过了一辈子，现在却留下他一个人孤苦伶仃，无依无靠。她非常敏捷地把一切事情安排妥当，好让他在她死后感觉不到缺少了她。

老太太去世以后，五个年头过去了。作者以为，什么悲哀不会被时间冲淡呢？什么热情能跟时间作强弱悬殊的角斗而保持完整无恙呢？他凑巧路过老夫妇的村子，于是就去看望那位老先生。老先生更显衰老颓唐了，但一如既往地留他吃饭。

"这就是那种食品，"他继续说，我注意到他的声音开始颤抖了，眼泪就要从他暗淡失神的眼睛里溢出来，可是他进出全身力气，要把眼泪忍住，"这就是那种食品，那是死……死……死去……死去的……"接着，眼泪忽然夺眶而出……他有好几次努力要说出死者的名字，可是名字只说了一半，他的平静的、寻常的脸就痉挛地歪斜起来，孩子般的哭泣打中了我的心坎……

然后，作者开始陷入了哲理思考：

老天爷！我望着他，心里想道：扑灭一切的时间过去了五年，——这个麻木不仁的老人，从来都没有强烈的灵魂的激动烦扰过他一次，他的全部生活只是坐在高高的椅子上，吃干鱼和梨，讲述善良的故事，——他居然有这样长久、这样痛烈的悲伤？什么东西对我们所起的作用更强大一些：情欲呢，还是习惯？或者，一切强烈的冲动，我们的欲望和沸腾的情欲的全部旋风，不过是我们的青春年龄的结果，只是因为年轻的缘故，所以才显得那样深刻和具有歼灭性的力量？不管怎样，在这时候，我觉得，一切我们的情欲跟这长时期的、缓慢的、几乎是麻木不仁的习惯比较起来，就显得十分幼稚。

他提到年轻人冲动、情欲的强度，比不过老年人长期形成的习惯，是因为他此前正好见识了一段年轻人的恋情，生离死别，轰轰烈烈，寻死觅活，却转瞬即逝，风平浪静，两相比较之下，让他不胜纳闷。

老先生在这次见面后没有活多久，作者不久就听到了他去世的消息。去世前他一直听到老太太叫他的声音。"把我埋葬在她的旁边"，这便是他临终前所说的全部的话。

辛波斯卡另有一篇写"悲剧"的诗《剧场印象》（1972），别具慧眼地提出"悲剧最重要的一幕是第六幕"——欧洲的悲剧通常有五幕，诗人说的"第六幕"指演员谢幕。在演员谢幕时，悲剧紧张的剧情被完全解构了：死者从舞台的战场中复活，刺入的刀子从胸口拔出，绳套从颈间解下，自杀的女士屈膝行礼，被砍落的头点头致意，受害者幸福愉悦地注视绞刑吏的眼睛，反叛者不带怨恨地走过暴君身旁，更早死去的那些人成一列纵队进场，消失无踪的那些人奇迹似的归来……

> 但真正令人振奋的是幕布徐徐落下，
> 你仍能自底下瞥见的一切：
> 这边有只手匆忙地伸出取花，
> 那边另一只手突然拾起掉落的剑。

换言之，悲剧的幻象完全被打破了，就像布莱希特所主张的，观众与剧情拉开了距离，重新回到现实生活中来。辛波斯卡敏锐地洞察到，此时，真正的悲剧才刚刚开始：

> 就在此时第三只手，隐形的手，
> 克尽其责：
> 一把抓向我的喉咙。

　　我读毕辛波斯卡的《金婚纪念日》和果戈理的《旧式地主》，也沉浸在他们解构美满婚姻神话的悲剧中。然后我合上了他们的书，以此代替他们的第六幕，顺便留心了一下他们写这些作品时的年龄：诗人年近不惑，小说家二十出头。也就是说，他们的人生，或刚刚开始，或渐入佳境；然而，他们竟如此自信，写五十年的金婚，写失偶的古稀老人，以为自己已经参透，什么"终至怀里拥着的只剩空气""几乎分不清谁是谁"，什么"长时期的、缓慢的、几乎是麻木不仁的习惯"……于是我突然意识到，真正的悲剧开始了，在作品之外开始了，那就是——

　　白天不懂夜的黑！

　　（辛波斯卡《金婚纪念日》《剧场印象》，陈黎、张芬龄译。果戈理《旧式地主》，满涛译。）

2022 年 8 月 10 日于沪上阅江楼

残酷的选择

除了"大义灭子"，在亲子关系中，还有一类残酷的选择，比如"郭巨埋儿"，比如"舍子救孤"。前者之荒唐早经鲁迅指出，后者之惨剧依然常演不衰——为了斩草除根，灭掉赵氏孤儿，屠岸贾下令杀尽晋国婴儿；为了留下火种，保住赵氏孤儿，程婴毅然献出自己的婴儿。以此为题材的《赵氏孤儿》，是中国舞台上的保留节目，影响还扩展到了欧洲舞台，引出了伏尔泰等的仿作。吸引中西剧作家的，是那个残酷的选择。

类似的残酷的选择，也常见于西方文学。

肖洛霍夫的小说《有家庭的人》（1925），写复员回家的"我"在顿河渡口摆渡时，听船夫讲他自己的悲惨往事。当年船夫被迫加入哥萨克武装，两个儿子则跑去参加了红军。老二被哥萨克俘虏了，哥萨克要他亲自动手，去打死自己的儿子。"这时候我心里明白：要是我不打他，村子里的人就会把我打死，我那几个小的孩子就会变成没爹没娘的孤儿了。"于是他无奈只得动手。后来老大又被抓住了，哥萨克让他押到团部去。"我明白了：他们叫我押送，料想我会把儿子放掉的。这样他们就可以再把他逮住，把我也枪毙掉……"

他拥抱我，我的心碎了。

"跑吧，好儿子！"我对他说。

他向洼地跑去，一路上不断回过头来向我招手。

我让他跑了有十几丈，才拉下步枪，一条腿跪下来，使胳膊不会发抖，向他开了一枪……是打在背上……是的，他向上跳了一下，又拼命跑了四五丈，这才两手抱住肚子，回过头来。

"爸爸，这是怎么搞的？！……"他倒下了，两腿抽起筋来……"爸爸，我还有老婆孩子呀……"……他想说什么，却只是叫着："爸爸……爸……爸……"我的眼泪涌出来了，我对他说：

"伊凡，你代我戴上苦难的荆冠吧。你有老婆和一个孩子，可是我家里有七个呢。要是我把你放掉，哥萨克们就会把我打死，孩子们只好上街要饭去了……"

他躺了不多会儿就死了，可是他的一只手还握住我的手……

写这类小说时的肖洛霍夫不过年刚弱冠，就已经很擅长处理这种极限题材了，应该是当时残酷的内战让他的心变硬了。

美国作家斯泰隆的小说《苏菲的选择》（1978），写奥斯维辛集中营里发生的所谓"苏菲的选择"，也类似顿河渡口的船夫所作的残酷选择。苏菲带着一儿一女，被送往奥斯维辛集中营，在站台上面临纳粹医生的挑选：是往左直接送进比克瑙焚尸炉，还是往右送往奥斯维辛做苦力。

　　越过这一列货车的那一头，就是比克瑙，医生可以随心所欲地选择任何人送入那个深渊。这个想法使她恐惧地张嘴喊道："我不是犹太人！我和我的孩子都不是犹太人！"她又加了两句："他们是纯种的波兰人。他们会说德语。"最后是："我是个基督徒。我是个虔诚的天主教徒。"
　　……
　　恐惧使得苏菲舌头僵硬，喉咙涌上鲠块。她还没来得及答话，医生又说："你可以留一个孩子。"
　　"什么？"苏菲说。
　　"你可以留下一个孩子。"他重复了一句，又说，"另一个必须送走。你要留哪一个？"
　　"你是说，我必须选择？"
　　"你是个波兰人，不是犹太人。这使你拥有一个特权——选择。"

　　她的大脑一片空白。然后她觉得双腿发软，开始尖声叫喊："我不能选择！我不能选择！"

　　……

　　"闭嘴！"医生命令道，"快点，选一个。选吧，去他妈的，不然我把他们两个人都送到那边去。快点！"

　　……

　　"不要让我选择，"她听到自己低声祈求，"我不能选择。"

　　医生对助手说："那么，把他们两个人都送到那里去吧。"

　　"妈妈！"她听到伊娃哽咽尖利的声音，就在这一刹那，她把这孩子从她身边推开，踉踉跄跄地站起身。"把小的带走！"她叫道，"把我的小女孩带走！"

　　作者分析纳粹医生这么做的动机道："在苏菲之前，那个医生就已经迫切想干出残忍的事来，他一定煎熬了很长时间。他最想做的是让苏菲这样的脆弱基督徒承受痛苦，犯下不可原谅的罪孽。"应该说，纳粹医生的罪恶目的是达到了，他让苏菲做的残酷的选择，最终把她推向了毁灭的深渊。

　　作出残酷的选择，挑战人性的极限；表现残酷的选择，挑战文学的极限；直面残酷的选择，挑战读者的极限。

（肖洛霍夫《有家庭的人》，草婴译。斯泰隆《苏菲的选择》，谢瑶玲译。）

2022 年 8 月 12 日于沪上阅江楼

薛西斯的朋友

波斯国王薛西斯统率大军亲征希腊，到达了凯莱奈。一个吕底亚人，阿杜斯的儿子披提欧斯，就在这个城市等候着他们；他极其隆重地款待了薛西斯本人和他的全部军队，并且宣布说他愿意提供作战的资金。披提欧斯这样把钱拿出来之后，薛西斯便问他左右的波斯人，这个披提欧斯是怎样的一个人，他有多少财富，而能献纳出这样多的金钱。他们回答说："在我们所知道的人们当中，他的财富是仅次于你的一个人。"

薛西斯听闻此言大为吃惊，随后就问披提欧斯本人，问他到底有多少财富。披提欧斯作了如实回答：他有两千石的白银，差七千就到四百万两的黄金，这一切他都愿毫不吝惜地奉献给薛西斯充当军费。薛西斯对他的话深感满意，就对他说：

"我的吕底亚的朋友啊，自从我离开波斯以来，除去你一个人以外，我还没有遇到过任何一个人自愿款待我的军队，也还没有遇到过任何一个人自动地前来见我并提供我作战的资金。可是你却隆重地款待了我的军队，并且提供我大量的资财。因此，为了回答你的好意，我用这样的一些办法来酬谢你：我使你成为我的朋友，并从我自己的财富中给你七千两，使你补足四百万，这样你的四百万便不会缺少七千了。而且在我补足之后，你便可以有整整四百万的数目了。"薛西斯这样说并履行了自己的诺言。

当薛西斯即将率军离去的时候，他的这位吕底亚朋友、由于得到他的赏赐而得意起来的披提欧斯，到薛西斯这里来向他说：

"主公，我希望你能够赐给我一件东西，这件东西在你赠赐起来很容易，但对我这个接受者来说却是珍贵的了。"

薛西斯以为披提欧斯绝不会要求他真正要求的东西，于是回答说愿意答应他的请求，并命令他说出他所要求的东西。于是披提欧斯便鼓起勇气来说：

"主公，我有五个儿子，他们都不得不随你去远征希腊。可是，国王啊！请你垂怜于我这样一个年迈的人，免除我的一个儿子，就是我的长子的兵役，好让他照料我和我的财产吧。让我的其他四个儿子和你同去吧，并希望你能完成你拟订的全部计划，凯旋归来。"

薛西斯大为震怒，他这样回答说："你这卑劣的东西。你看，我是亲征希腊的，和我一同走上征途的便有我的亲生儿子和亲兄弟，有我的亲戚和朋友；而你是我的奴隶，是应当带着你的全家和你的妻子一同随我出征的，怎么现在竟敢向我提起你的儿子？……当你对我做好事并且更向我提出做好事的保证的时候，你尚且决不能夸口，说你在慷慨大度这一点上超过了国王，现在你既然不顾廉耻，那你将要得到的，就要少于你所应得的了。你对我的款待挽救了你本人和你的四个儿子的性命，但是要罚你最喜爱的一个人的性命。"

他这样回答之后，立刻命令人们把披提欧斯的长子找来并将之分割为二，又把他的尸体在道路的右旁和左旁各放一半，为的是使军队从这两半中间通过去。

他们按照命令做了，而军队便从这中间走过去了。

然后，薛西斯就输掉了这场"奴役"对"自由"的战争。

——沈万三的传说与之相比，也是小巫见大巫了吧。

毅平按：古希腊计量单位较为陌生且难以换算，姑以中国古代计量单位"石""两"代之。

（希罗多德《历史》，王以铸译。）

2022 年 8 月 27 日于沪上圆方阁

忧天不止杞人

　　亚历山大挥师东征前，先整顿后方，翻越希马斯山，夜渡多瑙河，占领了革太人的城市，把全城夷为平地。定居在爱奥尼亚海湾地区的凯尔特人，虽然傲慢自大，但也派了特使过来，表示了要和亚历山大修好的愿望。于是他和他们之间互相都作了适当的保证。亚历山大问凯尔特人，人间一切，他们最怕的是什么？心想自己伟大的名声必然早已传到遥远的凯尔特人那里，甚至更远的地方了，希望他们承认他们最怕的就是他，再没什么别的了。但是，他们的回答却出乎他的所料，他们说他们最怕的就是天塌下来砸他们。这是因为他们居住在离亚历山大十分遥远的苦地方，而且也看得出他的侵略矛头明明指向别处。亚历山大宣布他们是他的朋友，跟他们结了盟，送他们回到家园，还漫不经心地说："这些凯尔特人，真会吹牛！"（阿里安《亚历山大远征记》卷一）

　　中国有个著名的成语"杞人忧天"，说的是有个人老担心天会塌下来："杞国有人忧天地崩坠，身亡所寄，废寝食者。"（《列子·天瑞》）它是如此出名，以致杞国（今杞县）

所在的河南开封还申报了"杞人忧天传说"项目，2014年入选第四批国家级非物质文化遗产名录。我过去总以为"忧天"是杞人的专利，却不料原来凯尔特人也有这一说，还被用来对付自恋的亚历山大，倒是与"杞人忧天传说"相映成趣，可与河南开封联合申报世界非遗的。

其实仔细想想，"忧天"的还不止杞人或凯尔特人，我们的孔子似乎也是"忧天"的。《论语·雍也》记载："子见南子，子路不说。夫子矢之曰：'予所否者，天厌之！天厌之！'"关于"天厌之"，历来有不同的解读，但至少对于王充来说，在《论衡·问孔》里，他是解读为"天塌下来压杀我"的：

> 南子，卫灵公夫人也，聘孔子，子路不说，谓孔子淫乱也。孔子解之曰："我所为鄙陋者，天厌杀我！"至诚自誓，不负子路也。

"厌"这里读"压"，通"压"。王充把孔子的发誓解读为："我如果做了卑鄙的事情，那就让天塌下来压杀我！"那么按照王充的解读，孔子也是杞人一派的，跟凯尔特人也半斤八两，相信天是会塌下来的。

但王充觉得孔子这么发誓毫无意义，因为谁都没见过天塌下来压杀了谁，所以孔子这么发誓实难取信于子路：

问曰：孔子自解，安能解乎？使世人有鄙陋之行，天曾厌杀之，可引以誓，子路闻之，可信以解；今未曾有为天所厌者也，曰"天厌之"，子路肯信之乎？……今引未曾有之祸，以自誓于子路，子路安肯晓解而信之？……子路入道虽浅，犹知事之实。事非实，孔子以誓，子路必不解矣。

可见王充本人应该不是杞人一派的，而且认为子路也不是杞人一派的，所以才会指出孔子的发誓难以服人；反之，一般人则相信天会塌下来压杀人，并认为孔子师弟也会相信这种事情，所以不觉得孔子的发誓有什么问题。

由此可见，在中国的古时候，"忧天"的杞人并非孤立的现象；而在世界范围内，至少有凯尔特人与之遥相呼应。

回到古希腊史书。其实发出自恋之问，却得到否定回答的，并不限于亚历山大。希罗多德的《历史》记载，吕底亚国王克洛伊索斯曾问梭伦，谁是这个世界上最幸福的人。他满心以为梭伦会提到自己，可是梭伦两次都提到了别人。克洛伊索斯发火了，因为他自认是人间最幸福的人，梭伦却竟不以为然。然而梭伦跟他说，盖棺才能定论，活着难下结论："不管在什么事情上面，我们都必须好好地注意一下它的结尾。因为神往往不过是叫许多人看到幸福的一个影子，随后便把他们推上了毁灭的道路。"（《历史》第一卷）

"天地不得不坏，则会归于坏。遇其坏时，奚为不忧哉！"（《列子·天瑞》）是啊，天地总有一天要崩坠，地球总有一天会毁坏，我们又怎么敢说杞人、凯尔特人就一定是多虑了呢？又怎么敢断言老天就一定不会还孔子以清白了呢？

（阿里安《亚历山大远征记》，李活译。希罗多德《历史》，王以铸译。）

2022 年 8 月 28 日于沪上圆方阁

（原载 2023 年 3 月 7 日《新民晚报·夜光杯》，略有删节）

母亲终于在场

伏尔泰改编《赵氏孤儿》为《中国孤儿》（五幕悲剧，1755年8月20日在巴黎首演），除了对时代背景和故事情节作了重大调整外，与《赵氏孤儿》的最大不同，就是添加了母亲的角色，并让她成为贯穿全剧的最重要角色之一，同时把父亲的角色也复杂化、立体化了，真正开始表现天性与"大义"的矛盾冲突，显示了与母亲角色缺席的《赵氏孤儿》的根本差异。

首先，母亲的角色当然不容缺席，要她献出儿子则比登天还难。夫妻二人全程较量，一个要顾全"大义"，一个要保全儿子，做母亲的义正词严，做父亲的左支右绌。保存遗孤的"大义"她不是不顾，而且遗孤一向还是由她照拂的，想到遗孤她就不禁泪如泉涌，她也愿意拯救遗孤助其逃生，但前提是不能牺牲她的儿子：

君王么？呸！告诉你，他们根本就无权：
凭什么把活儿子拿给死鬼作贡献？

......

莫做得叫我恨罢，恨那君王的后裔：
本来，从辙子手里我们该救那孤儿；
但是救孤儿不要把亲生儿断送掉；
只要不把我儿命拿去替下他的命，
我自要奔去救他，绝不是漠不关情。

（第二幕第三场）

她痛斥丈夫的调包计丧尽天良，对丈夫又是责骂又是哀求：

好啊！这还了得呀！野人啊！怎么可能？
是你叫人做的吗，这样残忍的牺牲？

怎么！你就是这样太薄情，没有天性！

不，我不懂那一套骇人的忠肝义胆。
......
你却发了什么狂又要我痛上加痛？
人家不要你的儿，你偏要双手奉上，
你送掉我儿的命，岂非要促我死亡？
......

我没了我的儿子，我又怎么能活命？
同一把刀，杀儿子就等于杀了母亲。

我怜惜他，但是你也要怜惜你自己，
怜惜那无辜的儿，怜惜这爱你的妻。
我也不和你闹了，我跪下向你哀求。
……
饶了我的儿子罢，饶了我这一块肉，
他是纯爱的结晶，孕育在我的脏腑，
这是爱的呼吁啊，又可怕却又温和，
你听了也痛心哪，千万不要拒绝我。

（第二幕第三场）

从鞑靼征服者的屠刀下，她抢回了自己的儿子，破坏了丈夫的调包计，但振振有词头头是道，为自己的"慈母心肠"力辩：

然而我是母亲啊，究竟是毅力太差；
这样惨痛的坚忍远超过我的心灵；
我不能让我的儿好端端送掉性命。
事就是这样坏了：我过于表露失望，
便叫人家识破了我是孩子的亲娘。

……

我的唯一的弱点就是这慈母心肠。

（第三幕第三场）

而在鞑靼征服者的眼中，母性的爆发竟如此激烈，让他们深受震撼和感动：

> 一个女人疯了般，哭得满面的眼泪，
>
> 对着恼怒的卫兵奔了来，张开胳臂，
>
> 一面没命地叫喊，我们都大吃一惊：
>
> "住手！是我的儿子，你们可不要行刑！"
>
> "这是我的儿子呀，你们弄错了对象！"
>
> 那种惨痛的呼号，那种疯狂的失望，
>
> 那双眼睛，那张脸，那种声音，那样哭，
>
> 在热泪迸流之中又那样刚强愤怒，
>
> 一切都伟大动人，都似乎出于天性，
>
> 那一片真情实意，都表出慈母心灵。
>
> （第二幕第七场）

总之，有了这样一个母性强大的母亲，才弥补了《赵氏孤儿》的先天不足。

其次，不仅做母亲的是如此，做父亲的也充满了矛盾冲突，

并非只顾"大义"而全无天性。他明知这是"好严酷的大义"，但既然接受了托孤遗诏，便自认已经责无旁贷。面对搜孤的危险局面，他无奈设下了调包计，以自己儿子冒充遗孤，但内心极为痛苦纠结：

> 我也是无可奈何！
> 你知道我慈父心，更知道我的脆弱。
>
> 我是做父亲的呀，这颗捣碎的心灵，
> 凡是你能劝我的，它早已对我说尽。
> （第一幕第六场）
>
> 我已经割情舍子，啊，太不幸的慈父！
> 我听得太亲切了，这心头惨叫哀呼。
> 天啊！替我压下罢，我的痛苦在长号：
> 我的妻，我的儿啊，搅得我心都碎了。
> 盖起我心上伤痕，我见了真是惊怖。
> （第一幕第七场）

他虽然设下了调包计，但也知道难过妻子关，以致一想到妻子的反应，事先就害怕得不得了：

我怎么能见她呀，一个慈母发了狂？
她将会如何吵闹，如何哭，如何失望！
我怎么能对付她无穷的咒骂、责备？
（第二幕第二场）

以为儿子已命丧屠刀时，他悲伤至极，"痛杀为父的了"：

我儿啊！我的娇儿！你莫非已经丧命？
这悲痛的牺牲啊，莫非是已成事实？
（第二幕第一场）

现在请你原谅我，一洒慈父的热泪。
我的灾难和苦痛，叫我哪里去倾诉？
（第二幕第二场）

得知调包计被妻子破坏，儿子还活着，他也暗自庆幸：

怎么，我儿还活着！
天！原谅我这一点私衷庆幸，
原谅我在泪海里杂进这一霎欢情！
（第二幕第三场）

就连妻子也看穿了他内心的痛苦纠结，因而既痛恨他，也同情他，仍敬佩他：

　　我救儿子也就是救活了母子二人。
　　连苦命的父亲也，我敢说，感恩不尽。
　　（第二幕第三场）

　　他交出了亲生儿，尽管为父的天性，
　　把他那忠肝义胆搅碎得鲜血淋淋；
　　他还是力持镇静，忍住惨痛的呼号。
　　（第三幕第三场）

　　总之，这才像是一个真实的、真正的父亲，比《赵氏孤儿》里的程婴更为有血有肉。

　　此剧最后的大团圆结局有点牵强，只是为了传达剧作家所欲载之道。但仅就围绕调包计展开的戏剧冲突而言，做母亲的母性毕露，拼死也要保护自己的孩子，做父亲的痛苦纠结，在天性与"大义"间饱受折磨，这才是人之常情，也是题中应有之义，比起《赵氏孤儿》回避天性与"大义"的矛盾冲突，让父亲"无情"，让母亲缺席，显然合理多了，不愧为伏尔泰的大手笔。

（伏尔泰《中国孤儿》，范希衡译。）

2022 年 8 月 14—18 日于沪上圆方阁

（本文作为《母亲的缺席与在场——从〈赵氏孤儿〉到〈中国孤儿〉到〈搜孤救孤〉》的第二节，原载 2022 年 10 月 30 日《新民晚报·国学论谭》）

母亲始终在场

然而伏尔泰的做法其实其来有自,那就是欧洲源远流长的悲剧传统。在伏尔泰的《中国孤儿》之前,有其同胞拉辛的悲剧《伊菲日妮》(1675),再往前,则有古希腊欧里庇得斯的悲剧《在奥利斯的伊菲革涅亚》等,其中都有以女儿为牺牲的情节,也有做母亲的强烈反对的场景。也就是说,在欧洲的悲剧传统中,一贯重视母亲的角色,遇此重大关头,母亲始终在场,成为强大的反对力量。

在《伊菲日妮》第四幕第四场里,听到丈夫要牺牲女儿伊菲日妮(即伊菲革涅亚)祭神,妻子克丽丹奈斯特尔(即克吕泰涅斯特拉)痛骂丈夫:

> 野人啊!怪道你是那么机巧那么能,
> 原来你是在准备这样一个好牺牲!
> 这样残酷的神旨怎么不叫你心悸?
> 你的手还有气力不停止这个准备?

克丽丹奈斯特尔说，海伦淫奔，犯了大罪，就该拿她的
孩子当牺牲，怎么为了特洛亚战争，反倒要牺牲自己的女儿？
她痛骂丈夫：

> 但是你，代人受过，你是发了什么狂？
> 为什么她犯了罪你夹在里面遭殃？
> 为什么硬要我来割下我的心头肉，
> 为她那笔风流债拿我女儿来偿付？

做母亲的同样要为女儿拼命，克丽丹奈斯特尔威胁丈
夫说：

> 不能，我绝对不能把她送去当牺牲，
> 你为希腊人杀她就是杀母子二人。
> 我没什么畏和敬，我不能把她舍弃。
> 你从我怀里夺她，我就和你拼个死。
> 你这个野蛮的夫，你这个无情的父，
> 来夺罢，如果你敢，夺出她的母亲手。

伏尔泰《中国孤儿》里母亲的台词，多有与此相似的表达，
或许曾受过其影响（参见范希衡《中国孤儿》译序）。

不过，拉辛的《伊菲日妮》对母亲的表现也并非无因而至，而是承自欧里庇得斯的《在奥利斯的伊菲革涅亚》的，其中克吕泰涅斯特拉听说了丈夫欲以女儿伊菲革涅亚为牺牲的计划后，反应极为强烈：

　　　　我给你生了这个男孩，还有三个闺女，这里边的一个你便这么凶残地要从我这里抢了去！现在假如有人问你，为什么你要杀她，你说吧！你怎么说呢？还是这须得由我来代你说出来么？说为的好叫墨涅拉俄斯去得到海伦呀！这是一个好的代价，抛去了孩子们去换坏女人回来。

　　　　还有若是你去出征，留下我在家里，你在那里又停留很久，那么你试想我在家是什么心情呢？那时我看到各个椅子上没有了她，闺房里没有了她，我还不只是独自坐着落泪，永远哀悼着她么？"啊，我的儿呵，你生身的父亲害死了你，他亲自杀了我，不是别人，也不是用了别人的手。"

　　　　呵，把你的孩子做了牺牲，随后你怎么祷告呢？你杀了孩子，想祷告给你什么幸福呢？

　　而在埃斯库罗斯的《阿伽门农》（前458年演出）中，阿伽门农攻陷特洛亚城后凯旋，克吕泰涅斯特拉竟然杀害了他，以为被牺牲的女儿伊菲革涅亚复仇：

> 这场决战经过我长期考虑，终于进行了，这是旧日争吵的结果。
>
> 那时候他满不在乎，像杀死一大群多毛的羊中的一头牲畜一样，把他自己的孩子，我在阵痛中生的最可爱的女儿，杀来祭献，使特剌刻吹来的暴风平静下来。
>
> 他不是偷偷地毁了他的家，而是公开地杀死了我怀孕给他生的孩子，我所哀悼的伊菲革涅亚。他自作自受，罪有应得，所以他不得在冥府里夸口；因为他死于剑下，偿还了他所欠的血债。
>
> 我亲手把他打倒，把他杀死，也将亲手把他埋葬——不必家里的人来哀悼，只需由他女儿伊菲革涅亚，那是她的本分，在哀河的激流旁边高高兴兴欢迎他父亲，双手抱住他，和他接吻。

值得注意的是，在荷马史诗《奥德赛》（前6世纪写定）的开头，奥林波斯山上的神明们提起了阿伽门农的悲剧，说他是被克吕泰涅斯特拉的姘夫埃吉斯托斯所杀害，却没说是被欲替伊菲革涅亚复仇的克吕泰涅斯特拉所手刃，埃斯库罗斯的改动说明了他特别重视母性的作用和力量。

在索福克勒斯的《埃勒克特拉》（前419—前415年间演出）

中，克吕泰涅斯特拉也以同样的理由，在女儿面前为自己的杀夫罪行辩护：

> 因为你的这个父亲——你一直在哭他——
> 是所有希腊人中最没有心肝的，
> 把你的姐妹杀了去祭神，他做父亲的，
> 哪能体会我这母亲生养孩子的苦和累。
> 你倒是说说看，为什么他要牺牲我的女儿？
> 为了讨好谁？你是不是要说讨好阿尔戈斯人？
> 不，他们无权杀死我的女儿。
> 或者你要说，实在是为了讨好他的兄弟
> 墨涅拉奥斯？这也不能作为理由
> 否认我有权讨还血债。
> ……
> 做出这样的选择不是一个疯狂邪恶的父亲吗？
> 这就是我的想法。尽管我的话不中你听，
> 但是死了的那个会赞同我的，如果她能说话。
> 因此，我回顾往事，并不后悔心惊。

在欧里庇得斯的《厄勒克特拉》（约前 413 年演出）中，克吕泰涅斯特拉也把自己的杀夫罪行，归咎于阿伽门农牺牲了女儿伊菲革涅亚：

　　这都是你父亲（的错处）呀，他用那样的计策，害了亲人中最不应当害的……廷达瑞俄斯把我给了你父亲，并不是让我或是我所生的子女来被杀害的。他却骗我，说是把我的女儿去嫁给阿喀琉斯，从家里带她来到停船地方奥利斯，在那里放在祭坛上，他割断了伊菲革涅亚的白的项颈。

　　在上述二剧中，克吕泰涅斯特拉都是与奸夫一起杀害阿伽门农的，可以视为对《奥德赛》和《阿伽门农》的折中，但仍沿袭了埃斯库罗斯对母性的作用和力量的重视。

　　由此可见，在欧洲的悲剧传统中，母亲始终在场，始终出于母性猛烈反抗所谓"神旨"，甚至杀害为了"神旨"牺牲子女的丈夫，反衬出《赵氏孤儿》中母亲缺席的偷工减料，以及《搜孤救孤》中母亲反抗的苍白无力。

　　当然，伏尔泰也用其所理解的"中国精神"，丰富了欧洲悲剧中的母亲形象。在《中国孤儿》中，做母亲的不仅有母性，也顾"大义"，也爱君国；对于想要献出自己孩子的丈夫，既痛恨，也同情，仍敬佩。这一切，明显与欧洲悲剧中的母亲们不同，后者只有母性而无"大义"，心里只有孩子而无丈夫。而伏尔泰这种所谓的"中国精神"，本身无疑是来自于《赵氏孤儿》的。

（拉辛《伊菲日妮》，范希衡译。荷马史诗《奥德赛》，王焕生译。欧里庇得斯《在奥利斯的伊菲革涅亚》《厄勒克特拉》，周作人译。埃斯库罗斯《阿伽门农》，罗念生译。索福克勒斯《埃勒克特拉》，张竹明译。）

2022年9月2—5日于沪上阅江楼

最后一封信

　　"维佳，我相信我的信能到你手里，虽然我在战线这边，在围了铁蒺藜的犹太人隔离区里。你的回信我是永远收不到的，我要死了。我希望你能知道我最后一些日子的情形，带着这种希望我会更轻松地离开人世……

　　"起初我很害怕，知道我再也见不到你了，多么想再看你一眼，吻吻你那额头和眼睛。可是后来我想，你在安全的地方，这是幸运……

　　"很快就贴出了勒令犹太人搬迁的通告……于是，维佳，我也准备搬迁了……带了你的信和一些照片，有去世的妈妈和达维德舅舅的照片，还有你和爸爸睡在一起的那张照片……在这屋顶下，我给你写过多少信，夜晚在这里哭过多少回呀，现在我可以对你说说我的孤单了。

　　"我向房子告别，向小园告别，在树下坐了几分钟，又向邻居告别……我恳求巴桑柯家的人，如果战后你来打听我的情况，请他们对你说详细一点儿，他们也答应了。最使我感动的是看家狗托比克，最后一个晚上它跟我特别亲热。以后你要是来了，好好喂喂它，感谢它对我这样一个老婆子的亲热情谊……

"孩子，你该记得，我常常教你对我说实话，儿子总是应该对妈妈说实话的。但是，妈妈也应该对儿子说实话。维佳，别以为你妈妈是刚强的人。我是软弱的人。我怕疼，一坐到牙科的椅子上就打哆嗦。小时候怕打雷，怕黑。老来我怕生病，怕孤独，怕我病了不能工作，成为你的负担，是你让我有这种感觉。我怕打仗。维佳，现在每天夜里我都很害怕，怕得心里直发冷。死神在等待着我，我很想向你呼救。

"过去你是孩子的时候，常常跑到我跟前要我保护。现在，在我脆弱无力的时候，多么想把头藏到你的膝盖上，让你这个又聪明又有力的儿子掩护我，保护我。维佳，我不是意志刚强的人，我很软弱，常常想到自杀。但我不知道，是软弱，是刚强，还是渺茫的期望，使我没有死……

"今天，一个熟识的农民从铁丝网外面路过，我们听他说，被派去挖土豆的犹太人挖的是一些很深的坑，在离城四俄里的地方，靠近飞机场，就在去罗曼诺夫镇的路上。维克托，你记住这个地方，将来你可以在那儿找到合葬的坟墓，妈妈就在那里面……

"维坚卡，我这封信就要写完了，就要拿到铁丝网跟前，交给我的朋友。要给这封信收尾可是不容易的，因为这是我和你最后一次谈话，等我送出这封信以后，就要准备永远离开你，你再也无法知道我死前的情形了。这是我最后的告别。在永远分离之前，在告别的时候，我该对你说点什么呢？在这些日子里，正如在一生中一样，你是我的慰藉。每天夜里我都想起你，想起你小时候的衣服、你最初读的一些小书，想起你的第一封信、你上学的第一天，我一个劲儿地在回想，从你生下来的日子到最后一次收到你的信息，6 月 30 日的那封电报。我一合上眼睛，就觉得似乎你在保护我，拦挡着即将来临的灾难。等我一想起周围发生的情况，又觉得庆幸，因为你不在我身边，免于劫难。

"维佳，我总是孤身一人。在失眠的夜晚我常常难过得哭起来。可是这一点谁也不知道。一想到我还能对你说说我的一生，就感到快慰……但是等不到跟你好好说一说，就要孤单单地了结此生了，这是我的命运。有时我觉得，我不应该离你这样远，我太爱你了，我以为，我这样爱你，就应该跟你在一起安享晚年。有时我又觉得，我不应该跟你生活在一起，我太爱你了。

"好啦，最后……祝你永远幸福，跟你所爱的人、你周围的人、比妈妈更亲近的人在一起，永远幸福！永别了！街上传来妇女们的哭声、警察的喝骂声，可是我看着这一页页的书信，就觉得我被保护了，这苦难深重的世界奈何不了我了。我怎么能结束这封信啊？孩子，哪能甘心到此结束？哪儿有人类的语言，能够表达我对你的爱？吻你，吻你的眼睛，你的额头、头发。你要记住，在幸福的日子里，在痛苦的时候，都有母爱伴随着你，任何人不能把母爱杀死。我的好维佳……这就是妈妈给你最后一封信的最后一句话。活下去，活下去，永远活下去……"

这是 1941 年德寇入侵苏联不久，从乌克兰一个犹太人隔离区里，一个母亲写给儿子的绝笔信。她的儿子维克托收到了这封信，每次读它，都仿佛一把尖刀戳进他的咽喉……

格罗斯曼《生活与命运》英文版（1986）导读者钱德勒说："在所有为东欧犹太人发出的悲叹之声中，我不知道有哪个比这一封信更令人动容。"根据该小说里这封信改编成的"独角戏"（全剧只有母亲一个角色）《最后一封信》，其法文版、英文版、俄文版分别于 2000、2003、2005 年在巴黎、纽约、莫斯科上演，还被拍成了电影。

这个犹太母亲不久死于纳粹大屠杀，如同作者母亲于 1941 年 9 月 15 日被害，别尔季切夫近三万犹太人同时遇难。

作者永远不能原谅自己的是，在战争爆发以后，没能把母亲从乌克兰接出来。而之所以没能把母亲接出来，是因为婆媳关系不好，妻子反对让婆婆住到家里来，说屋子太小不方便。

柳德米拉跟维克托已是二婚。她跟前夫有个儿子托里亚，跟维克托有个女儿娜佳。前夫关在劳改营里，生死未卜。柳德米拉疼爱儿子超过女儿——女儿有丈夫、婆婆宝贝，儿子只有她一个人在乎。"她想起维克托的母亲，她的境遇是很糟的。但是，维克托怎么能要求柳德米拉对安娜·谢苗诺夫娜好呢？要知道安娜·谢苗诺夫娜对待托里亚也不好。她每次来信，每次到莫斯科，都让柳德米拉觉得受不了。总是娜佳，娜佳，娜佳……娜佳的眼睛像维克托……娜佳兴趣广泛，娜佳机灵，娜佳喜欢动脑筋。安娜·谢苗诺夫娜疼爱儿子与溺爱孙女融为一体。"

托里亚上了前线，负了重伤，躺在军医院里快死了，给母亲写了最后一封信。她拿着儿子的信赶到医院，儿子已因手术失败死去。在士兵们的坟包中，她终于找到了儿子，就像老猫找到已死的小猫，又高兴，又拿舌头舔。在迷迷糊糊的状态中，她不停地同儿子说话。她希望跟他在一起，他需要有妈妈——她可以给他斟茶，要他再吃块面包，给他脱鞋，给他洗磨出泡的脚，给他脖子上围围巾……每次他走了，她都无法找到他。现在她终于找到他了，可是他已经不需要她了。谁都不喜欢她的儿子，都说他长得不好看，嘴唇又厚又往上翻，行动古怪不够圆滑，动不动就生气发火。他在学校里被人取笑，大家逗他捉弄他，他只会像小孩一样哭。我的可怜的孩子，我的腼腆的、不漂亮的好儿子呀……只有他喜欢我。现在，在这黑夜里，在坟地上，只有他和她在一起，他再也不会离开她，等她成了一个没人要的老婆子，他还会爱她……托里亚呀，托里亚，可别丢下我一个人……

作者的第二任妻子也是二婚，1937年妻子的前夫被捕，翌年妻子也受连累被抓，作者立即收养了他们的两个儿子，以免孩子被抓起来关入劳改营；又冒着风险给叶若夫写信，说妻子与前夫已断绝关系，前夫的事情与她无关，终于使妻子无事开释。

然而妻子跟婆婆合不来，他没能把母亲接出来。就像是对他莫大的讽刺，9月14日，既是他与妻子的结婚纪念日，也是别尔季切夫犹太人大屠杀纪念日前夕，他母亲就死于那场大屠杀，最后也成了他去世的日子。这个日子一定会使他痛苦地想起，由于妻子反感自己的母亲，最终导致母亲悲惨地死去。母亲的死令他极度内疚，他和妻子互相指摘，这一切都写入了《生活与命运》。"她感到，丈夫现在对她有气，虽然他们的关系表面上一如往常。但是，已经有了变化……现在，他在苦闷的时候，就指责柳德米拉，从中寻求解脱。他经常一个劲儿地想着母亲……他在心里责怪柳德米拉，怪她对待他的母亲太冷淡。有一天他对她说：'假使你跟母亲的关系能处得好，她会跟咱们一起住在莫斯科的。'""维克托责怪她，说她不爱帮助人，说她对他家的人不好。他认为，如果柳德米拉愿意的话，他母亲就会跟他们住在一起，不会留在乌克兰了。"此事最让读者受到冲击的是，家庭琐事与大屠杀纠缠在一起，婆媳不和成了纳粹暴行的帮凶；而导致婆媳不和的最主要因素，竟是同样的母亲对于儿子的爱。

格罗斯曼死后，在他的文件里发现了一个信封，里面有两封他写给母亲的信，分别写于1950年他母亲九周年忌日、1961年他母亲二十周年忌日。在第一封信里他写道："我总在想，你是怎么死的，是怎样走到被害的地方，我想了几十次，也可能想了几百次，杀害你的那个人长得什么样，那人是最后一个见过你的人。我知道，当时你心里一直都在想着我。"信封里除了信还有两张照片，一张是他八九岁时与母亲的合影，另一张是他从一个德国党卫军军官的尸体上取下来的，照片上是一个大坑，坑里有几百具裸露的女尸。我还看到了第三张照片，是他与母亲、女儿的合影，摄于他母亲遇害前一年，祖孙三代长得一模一样。我真的不忍看这些照片。

1960年，他完成了《生活与命运》。翌年，在第二封信里他写道："亲爱的妈妈，我就是你，只要我活着，你也就活着。我死以后，你还会继续活在这本书里。我把这本书题献给你，书的命运是和你的命运紧紧连在一起的。"这让我想起了罗曼·加里，就在同一年，他也把《童年的许诺》献给了母亲，让母亲在他的书里获得了永生。他们都是母亲的好儿子。

写了这封信后三年，格罗斯曼死于癌症（1964），就在他结婚纪念日当天，在他母亲遇难日的前夕。在他身后，1979年末，《生活与命运》在瑞士出版；1988年，它终于在苏联问世；1989年，它有了首个中文版……在它的扉页上，果然有这样的题词，让人看了觉得温暖：

本书献给我的母亲叶卡捷琳娜·萨韦列夫娜·格罗斯曼

（格罗斯曼《生活与命运》，力冈译。钱德勒《生活与命运》英文版导读，李广平译。）

2022 年 10 月 7—9 日于沪上阅江楼

老人

　　在上篇母亲写给儿子的绝笔信里，提到了犹太人在被关入隔离区时，每人限带十五公斤行李，于是，她"带了普希金选集、都德的《磨坊书简》、莫泊桑的《一生》、一本小字典，还带了一本契诃夫的小说集，里面有《没意思的故事》和《黑衣教士》这两篇"，这样，她的篮子就装满了。

　　作为俄罗斯犹太人，她带普希金和契诃夫完全可以理解，带都德和莫泊桑则应纯属个人爱好。莫泊桑的《一生》（1883），写一个苦命女子遇人不淑，把全部希望寄托在儿子身上……单身母亲的她可能感同身受；至于都德的《磨坊书简》（1869），她提到了一则往事，提供了解码的线索："晚上我和尤拉一起读《磨坊书简》。你该记得，咱们一起读我最喜欢的那篇《老人》，那时候咱们互相看看，大笑起来，两个人都笑出了眼泪。"这样看来，她之所以带《磨坊书简》，主要就是因为那篇《老人》了。

　　巧得很，在都德的《磨坊书简》中，我也最喜欢这篇《老人》。

一个远在巴黎闯荡的年轻朋友，委托"我"去看望他十年未见的祖父母，一对老得不能再老的矮小老人。一听说"我"是他们孙子的朋友，两个老人便把对孙子的一腔爱意，全都倾泻到了"我"的身上。"我"开口讲话的整个时间里，两个老人之间是点头，是会心的微笑，是眨眼睛，是狡黠的神色……两个老人微笑着俯向"我"，从"我"眼睛深处寻找他们孙子的影子。"真的吗？他真是一个好孩子！"老太深为感动地说。"啊！不错，他真是个好孩子！"老头兴奋地接过来说……而两个老人心心相印、相濡以沫的深情，也同样让读者为之动容。

　　在母亲写给儿子的绝笔信里，提到母子一起读《老人》的情形，肯定不会是一处闲笔，而应该是具有深意的。那种祖孙之间的亲情，当然与亲子之爱相通，在这里既是后者的象征，也是母爱的另一种表达。这个母亲对于儿子绵绵无绝期的母爱，在信里也通过都德的《老人》表现了出来。

　　据说《老人》写的是都德的亲身经历。写《老人》时的都德年纪尚不到而立，并不比写《密尔格拉得》时的果戈理大多少。由此看来，白天是否懂得夜的黑，并不完全取决于年龄。

　　都德的《月曜日故事集》（1873）中有一篇《母亲》，写一对老夫妇探望在部队里服役的儿子，对亲子之爱的感人表现与《老人》异曲同工。

《月曜日故事集》中还有一篇《小间谍》，几乎就是梅里美的《马铁奥大义灭亲》的翻版，但我们再次感受到了都德对于老人的温情。话说斯坦纳老爹那么爱他的小男孩，人们要想看到他慈母般的微笑，只需对这个好心肠的人说："您的小男孩儿好吗？"可是，小男孩受坏人误导，出卖了法军的情报，拿了普鲁士人的钱。这使他心里不好受，觉得无颜面对父亲，于是，他讲出了所做的事，招认了自己的罪行，感到心里自在多了……

斯坦纳老爹听着，脸色非常可怕。等他听孩子说完，双手捂着脸，哭了起来。

"爸爸，爸爸……"孩子想说话。

老人推开他，没有搭理，接着把钱捡起来。

"全在这儿？"他问。

小斯坦纳点了点头。老人摘下他的步枪，他的子弹袋，把钱放在口袋里。

"好，"他说，"我去还给他们。"

他没有再多说一句话，甚至连头也没有回一下，就下楼混到那些连夜出发的国民别动队的士兵中间去。从此以后再也没有人见到过他。

当斯坦纳老爹拿起他的步枪和子弹袋时，我们还以为马铁奥又要转世还魂了，但是谢天谢地，梅里美笔下"大义灭子"的残忍父亲，在都德笔下却变成了自责的父亲，主动承担起了教子无方的责任，为了洗刷家族的耻辱，为了替宝贝儿子赎罪，不是残忍地"大义灭子"，而是自己去慷慨赴难。即使面对严峻复杂的局面，感人的亲子之爱一如《老人》。同书中的另一篇《佐阿夫易帜》也是如此。

这就是都德与梅里美的区别，也是院士与非院士的不同了——梅里美是法兰西学院院士，都德则发誓绝不成为院士（参见《小东西》，1868；《不朽者》卷首题词，1888），在法国作家中为凤毛麟角。

在《小间谍》中，还有一个普鲁士人的形象，也值得关注。"在他对面有一个单独坐着的普鲁士人，年纪比别人大，神情也比别人严肃；这个普鲁士人在看书，或者说装着在看书，因为一双眼睛一直没有离开他。在这个人的眼光里有怜爱，也有谴责，就好像他自己在家乡里也有一个和斯坦纳年纪相同的孩子，心里在对自己说：'我宁愿死，也不愿看见我的儿子干这种行当……'从这时候起，斯坦纳觉着好像有一只手按在他的心口上，不让他的心跳动。""当他在那个目光曾经让他感到不安的普鲁士人身边经过时，他听见一个悲伤的声音在说：'这个卜光在（不光彩）……卜光在（不光彩）。'泪水涌到了他的眼睛里。"通过这个同样身为人父的普鲁士人的形象，都德让亲子之爱超越了国家和民族的界限。

在《月曜日故事集》中，还有一篇《房屋出售》，也表达了对于老人的同情，对于没心肝的小辈的谴责。又过了百年，法国现代作家马塞尔·阿尔朗以痛烈的《诅咒》（1970）承之，"我诅咒……"。

都德十七岁初到巴黎时（1857）一文不名，挤住在图尔农街他哥哥的小阁楼上（巴尔扎克、波德莱尔、拉马丁、纪德、略萨……有多少文人在图尔农街住过啊），倾听着圣日耳曼-德-普莱教堂的钟声；四十年后他去世时（1897）名满天下，在香榭丽舍公园有了雕像，与"普鲁斯特小径"交相辉映（其二子莱昂、吕西安都是"小马塞尔"的好友）。我曾从图尔农街漫步到香榭丽舍公园，途经他在贝勒沙斯街和大学街的故居，回想着他写的那些温暖而治愈的故事，仿佛走过了他饱受痛苦却善解人意的一生。

（格罗斯曼《生活与命运》，力冈译。《都德小说选》，郝运译。）

2023 年 1 月 18—23 日于沪上阅江楼

一枚钻戒

这是法属交趾支那的一家穷白人,由于没有向地籍管理局官员行贿,穷寡妇十年的辛苦积蓄化为乌有,租借了一块完全不能种植的盐碱地。穷寡妇动员当地人修筑了一条堤坝,但须臾间就被太平洋(暹罗湾)的海潮冲垮,还欠下了银行一屁股的贷款利息。

穷寡妇有一双儿女,儿子约瑟夫二十,女儿苏珊十七,长得都还不错。穷寡妇便在女儿身上打主意,想用她来钓个金龟婿,改变一家子的穷困命运。

在云壤的一家餐厅里,他们邂逅了一个年轻人,看来有二十五岁,身穿米灰色柞丝绸西服,手上戴着一枚极美的钻戒,还拥有一辆黑色利穆新汽车,莫里斯·莱昂-博来牌的,配有一个身穿白色制服的司机。餐厅老板巴尔老爹介绍说:"那车是从北方来的做橡胶生意的那个家伙的,比这里的可有钱。"穷寡妇默默地、瞠目结舌地凝视着钻戒,然后鼓励女儿主动一点。苏珊朝年轻人嫣然一笑,他便走过来邀请她跳舞。所有的人都定睛看着他的钻戒,其价值相当于全部租借地的总和。

这是杜拉斯《抵挡太平洋的堤坝》(1950，以下简称《堤坝》)里中国情人的首度出场(她那时还没敢明确说情人是中国人)。他叫若先生，肩窄臂短，身材中等偏下，整洁讲究，文质彬彬，说话的声音温柔优雅，一双小手保养得很好，有点瘦削，相当漂亮。不过在这家穷白人眼里，他蠢笨如牛，长相丑陋，活像个猴儿，只是有钱而已。他看上了苏珊，从此展开了追求，那辆黑色豪车每天都停在她家的吊脚楼前。

现在，母亲心急如焚，期待着若先生的求婚。她盘算着，苏珊一旦完婚，若先生就会给她重新修筑堤坝的钱(她预计这堤坝比其他的要大两倍，并用水泥柱子加固)，还有修缮完吊脚楼，换屋顶，另买一辆小汽车，以及让约瑟夫修整牙的钱。这件婚事必须成功，母亲这么说。这甚至是他们走出平原的唯一机会。如果这件事不成功，那么，这就同堤坝一样，是又一次的失败了。

不过，母亲看相若先生的财富，想以之来改变自家的困境，却又看不起若先生的种族，所以只希望他能向女儿求婚，却绝不允许女儿同他睡觉。约瑟夫更是瞧他不起，对他粗鲁无礼，厌恶至极，让他心生恐惧。苏珊也没有动过心，甚至都没拥抱过他，只是奉母命勾搭他，以骗取他的钱财。最后一次见面，他想吻她，她仿佛挨了一记耳光似的，连忙挣脱，叫了起来："我不能。跟您在一起，我永远也不能。"在云壤，若瞧见苏珊和他在一起，所有的人都会捧腹大笑。

本来，白人女孩相对拥有性自由，可以跟自己喜欢的人睡觉，而不是非得先结婚不可。苏珊后来把自己给了出去，一个白人混混阿哥斯迪，她母亲知道了也没说啥。但是对于有色人种来说，就完全是另一回事了，因为有色人种等于畜生。"最重要的是您要娶她。要么就娶她，要么就完，没有别的选择。并不是我们不让她和她想要的人睡觉，而是您，如果您要和她睡觉，您就必须娶她。这就是我们骂您是畜生的方式。而且，即便我们接受了所有的东西，留声机、香槟酒，这对您也无济于事。"约瑟夫如此"点拨"若先生。富白人欺压穷白人，穷白人欺压有色人种，一条"鄙视链"等级分明。

然而，若先生受制于父亲的严命，他的父亲对他有别的安排，得娶门当户对的富家女子，所以他知道他不能娶苏珊。在若先生所处的社会阶层，认为女孩在婚前要洁身自好，保持处女之身，但是他也很清楚，在其他阶层，情况并非如此，有钱阶层的男人，可以玩弄贫困阶层的女人。于是他想利用自己的财富，与穷白人家的苏珊睡觉。

这样，就展开了一场种族与财富的竞争，穷白人与富有色人种的博弈，穷殖民者与富被殖民者的角斗。在这本书里，天平毫无疑问地倾向于前者。

若先生送了苏珊许多礼物，连衣裙、化妆品、留声机，换取她洗澡时打开浴室门，以便他看到她全裸的样子。而后他又得陇望蜀,对苏珊说,如果她同意和他一起到城里旅行,一起待三天,一起看电影,他保证不碰她,他就会送给她一枚钻戒。他果真把钻戒带来了,一共三枚,任凭苏珊挑选一枚。苏珊选了一枚最贵的,大概价值二万法郎,抵得上她家的吊脚楼。虽然约瑟夫不同意若先生的计划,但若先生还是把钻戒给了苏珊,希望以大方换取他们的回心转意。

苏珊把钻戒给了母亲。她母亲藏好了钻戒,然后开始痛揍苏珊,用全身力气揍她。她骂苏珊是烂货,怀疑她跟他睡了。这不是因为睡觉,而是不该跟他睡;跟白人睡没关系,跟他睡就是耻辱。苏珊辩称没有睡过,但她母亲还是揍她,因为她要留下钻戒,不可能再归还原主,这让她心里不好受,简直像是受了羞辱,必须揍苏珊来洗刷。

母亲在购买租借地之前,教法语课,每小时十五法郎。十年间,每天晚上在影院弹奏钢琴,为了一晚上可以挣四十法郎。十年后,她就用这每天四十法郎节省下来的钱,购买了租借地,然后所有钱都打了水漂。为了造那条徒劳无益的堤坝,她欠了银行约一万五千法郎。现在她有了这枚钻戒,便指望卖了钻戒来还债,即使女儿没跟若先生睡过觉,她也不可能再把钻戒还他了。她认为在某些情况下,她是有权留下一枚戒指的,拒绝接受也许会大错特错。送给你戒指却不接受,这简直不可思议。况且对于若先生来说,一枚戒指实在不算什么。在这个世界上,谁可能有相反的意见呢?苏珊后来吓唬若先生，她母亲需要的是每天一枚戒指，不能少，现在，她已经对此产生了浓厚的兴趣，她会把他抢劫一空的。

这个晚上是个颇不寻常的晚上。他们已经从若先生那儿获取了戒指，现在，它就在这里，就在家里某个地方，在这世界上，已经不再有任何力量能把它从这里拿走。这个晚上尽管姗姗来迟，但毕竟成了，它来了。自从这几年种种计划连连受挫以来，这并不算太早。他们的第一次成功。这并不是运气，而是成功。因为自从他们等待多年以来，仅仅等待而已，他们获得了这枚戒指。这是漫长的，但是成了，它就在他们身旁，就在世界的这一头。他们拥有了它。

后来母亲怎么都没法把钻戒卖掉，或者说怎么都没法卖到两万法郎。"穷人有了钻石，也卖不出去。看到我们那副穷相，人家都以为是偷来的……我母亲，她认识一个贫穷的年轻女人，有个男人给她一颗钻石，她花了两年工夫就是卖不出去。"在四十一年后的《中国北方的情人》里，作者把卖钻石变成了别人家的故事，但在这本书里还是她们自家的故事。钻戒无疑是这本书里的中心道具，是上述竞争、博弈、角斗关系的象征。

他们留下了若先生的钻戒，却让苏珊跟他断绝关系，因为他是不可能娶苏珊的。要是他敢要回戒指，那可就有点滑稽了。但他竟想要回自己的钻戒，苏珊坦诚而自然地笑了，笑他头脑简单，天真无知，以为他们可能把这枚戒指还给他。

虽然他很富有，但跟他们相比，他只是个小蠢蛋。这枚钻戒现在属于他们了，要再拿回来就如同他们已经吃了、消化了一样困难，就像这戒指已经同他们的血肉之躯融为一体，难以再拿回来了。况且，若先生太虚弱，分量太轻了，约瑟夫只要一拳，就会把他击得粉碎。

"要是我要拿回来呢？"

"您不能。现在，您该走了。"

"你们太缺德了。"

"我们就是这样。您该走了。"

苏珊跟她哥哥说起此事。"他跟我说我们很缺德。"

约瑟夫又一次笑了起来。"哦，我们确实是这样的。"

……

是的，他们确实是这样的。近五百年来，他们一直是这样的。在这个世界上，谁可能有相反的意见呢？

（杜拉斯《抵挡太平洋的堤坝》，谭立德译。）

2022 年 9 月 11 日于沪上阅江楼

（自此以下三篇，以《中国情人的三度出场》为题，原载《书城》2023 年 2 月号）

中国情人

　　"在渡船上，在那部大汽车旁边，还有一辆黑色的利穆新轿车，司机穿着白色制服。是啊，这就是我书里写过的那种大型灵车啊。就是那部莫里斯·莱昂－博来。在汽车司机和车主之间，有滑动玻璃窗前后隔开。在车厢里面还有可以拉下来的折叠式座椅。车厢大得就像一个小房间似的。在那部利穆新轿车里，一个风度翩翩的男人正看着我。他不是白人。他的衣着是欧洲式的，穿一身西贡银行界人士穿的那种米灰色柞丝绸西服。所以，你看，我遇到坐在黑色小汽车里的那个有钱的男人，不是像我过去写过的那样在云壤的餐厅里，而是在我们放弃那块租借地之后，在两或三年之后，我是说在那一天，是在渡船上，是在烟雾蒙蒙、炎热无比的光线之下。"

　　这是杜拉斯《情人》（1984）里中国情人的再度出场（这次她明确说情人是中国人，却不再赋予他以任何名字）。他也来自北方，也穿着米灰色柞丝绸西服，也有一辆黑色利穆新汽车，也是莫里斯·莱昂－博来牌的，也有穿着白色制服的司机。"我书"指的就是《堤坝》，"我过去写过的"

指的就是上篇介绍过的《堤坝》开头的那个情节。杜拉斯在此纠正了三十四年前的叙述，把邂逅中国情人的地点从云壤的餐厅挪到沙沥的渡船，时间也挪到了放弃租借地后的两三年。她想要由此重新展开一个故事，那个关于有钱的中国情人的故事。这次中国情人财富的光环退居为背景，前景是他与白人女孩充满欲念的热恋，一个又一个火辣辣的撩人的情色场面。

中国情人来自中国的北方，不再是做橡胶生意的了，而是房地产金融家的独子，母亲已经过世。父亲不许他同这个白人女孩结婚，况且她家在当地名声也不好，他难以违抗父命而娶她。这与若先生的处境是一样的。这次的中国情人风度翩翩，也是刚从巴黎回来，吸英国纸烟，喝威士忌酒，手上不再戴有那枚大钻戒，豪车及司机则一如往昔。他家也住在沙沥，在河岸上有一幢大宅，平台镶有蓝色琉璃砖。据说它至今还在那里。他对她一往情深，他不惜花费金钱，也给了她一枚钻戒。但他心里有所惧怕，说话怯生生的，声音和手都会打颤。"这里有种族的差异，他不是白人，他必须克服这种差异，所以他直打颤。"

这次她的年龄小了一岁半，是一个十五岁半的小萝莉，但已有了耽于逸乐的面孔，知道如何激发男人的欲念。他则比她大十二岁，算起来应该是二十七岁，比若先生大了两岁。她与苏珊完全不同，在渡船上，她就已经想要他了，当然也想要他的钱。她喜欢他的文雅，他的温柔甘美，他的孱弱胆小；也深知他的胆怯，知道得由自己主动，事情得由她来决定，他已落入她的掌中。"从此以后我就再也不需搭乘本地人的汽车出门了。从此以后我就算是有了一部小汽车，坐车去学校上课，坐车回寄宿学校了。以后我就要到城里最讲究的地方吃饭用餐。"当然还要到堤岸的小屋里去做爱。她隐隐约约地想以此来炫耀自己，让中学里蔑视她的同学刮目相看。她这种近乎受包养的生活方式，让人想起了洛蒂的《菊子夫人》（1887），只不过角色分配已经完全相反。她父母当初之所以来到殖民地，就是因为受了洛蒂作品的蛊惑，这对他们不啻是个莫大的讽刺。她明白，这件事绝不可让母亲知道，也绝不能让两个哥哥知道。她第一次避开家里做事，这也就成了永远的回避。此后无论她发生什么事，他们是再也不会知道了。

母亲仍是小学教师，但这次升为了校长。她还是一个穷寡妇，还是购置了租借地，在柬埔寨的波雷诺（位于云壤附近，距唝呵八十公里），是没法种植的盐碱地，最后只能完全放弃，所有投资都打了水漂。但这次母亲没动钻戒的脑筋，没想着用它去换钱还债，而是以为女儿的订婚指环，替她向校方争取出入自由。母亲在等着他向女儿求婚，又知道他是完全没希望的，只期待女儿能借此搞到钱。母亲怀疑她已跟他睡过，以后就要嫁不出去了，发起疯来仍会痛揍她。"我发誓说没有事，我什么也没有做，甚至没有接过吻。我说，和一个中国人，你看我怎么能，怎么会和一个中国人干那种事，那么丑，那么孱弱的一个中国人？"还是《堤坝》里的那种调调，但这次却是无奈的谎言。母亲要是知道了真情，一定会把她给杀掉的。

这次又添出了一个哥哥。但两个哥哥都粗鲁无礼，欺负这个柔弱的中国人。在高档的中国饭店，在城里最讲究的地方，他请她的家人吃饭。他们埋头大吃大喝，吃相简直前所未见，但是从不和他说话，还不停地骂骂咧咧，根本看也不去看他，就像他是看不见的，吃完了站起来就走，没有人说一声谢谢，就因为他不是白人，而只是一个中国人。大哥和母亲沆瀣一气，说起她的中国情人，用了极为难听的字眼。她真想杀死大哥，想要制服他，哪怕仅仅一次，一次也行，她想亲眼看着他死。

归根结底，这还是那场种族与财富的竞争，穷白人与富有色人种的博弈，穷殖民者与富被殖民者的角斗；但比起三十四年前的《堤坝》来，天平已明显地倾向于后者，因为男女主角已经揭竿而起。

现在的她之所以敢这么肆无忌惮地写，就家庭环境而言，是因为母亲和两个哥哥都已不在人世，所以她现在写母亲是这么容易，写得这么长，可以一直写下去，母亲已经变成文从字顺的流畅文字了。"这里讲的是同一个青年时代一些还隐蔽着不曾外露的时期，这里讲的某些事实、感情、事件也许是我原先有意将之深深埋葬不愿让它表露于外的。"由此反推，《堤坝》里写若先生给了苏珊留声机和钻戒，却还是得不到想要的，甚至连接吻都做不到，那纯粹是骗骗还活着的母亲和兄弟的吧。"关于我家里这些人，我已经写得不少，我下笔写他们的时候，母亲和兄弟还活在人世……那时我是在硬要我顾及羞耻心的情况下拿起笔来写作的。写作对于他们来说仍然是属于道德范围内的事。"

不过，在中国情人的二度出场里，她对自己感情的性质仍难以完全把握——也许种族因素还是残留了一点点。与中国情人相处一年半后，轮船载着她全家回法国。轮船起航了，离岸远了，这时，她也哭了。她虽然在哭，但是没有流泪，因为他是中国人，她不能够爱他，她不应为这一类情人流泪哭泣。她也没有当着她的母亲、她的小哥哥的面，表示她心里的痛苦，什么表示也没有。后来，独自一人时，她真哭了，因为她想到堤岸的那个男人，因为她一时之间无法断定她是不是曾经爱过他，是不是用她所未曾见过的爱情去爱他，她为此感到痛苦，觉得自己有罪，自己对不起他。但她又说，自从她离开他以后，整整两年她没有接触任何男人，这神秘的忠贞应该只有她知道。

也许，一直要等到数十年后，昔日的中国情人来到巴黎，往她的公寓打了一个电话，说他仍像过去一样爱她，他根本不能不爱她，他爱她将一直爱到他死，她才能够确定自己感情的性质，然后重写这个中国情人的故事？要知道，她根据《堤坝》改编的话剧《伊甸园影院》，1977年10月25日在奥赛剧院首演，仍沿袭了《堤坝》里的主要情节。决定性的转变，也许在那个电话之后才发生？还是因为有了扬？

此外，我想就连她也可能没有意识到，这次她重写的，不仅仅是中国情人的故事，也是拉拉和洛丽塔的故事，那些二三十年前轰动一时的故事。她的年龄，正介乎拉拉与洛丽塔之间。"他还另有所惧，他怕的不是因为我是白人，他怕的是我这样年幼，事情一旦败露，他会因此获罪，被关进监牢。他要我瞒住我的母亲，继续说谎，尤其不能让我大哥知道，不论对谁，都不许讲。我不说真话，继续说谎，隐瞒下去。我笑他胆小怕事。"她用自己的亲身经历见证，也用自己的女性身份证明，女孩的年龄根本就不是问题，她遇到的是什么人才是关键。又过了二十年，马尔克斯在《苦妓回忆录》中，用他非凡的想象力再此论证了这一点。

（杜拉斯《情人》，王道乾译。）

2022年9月10—13日于沪上阅江楼

中国北方的情人

　　这是湄公河上的渡船。渡船上有搭载本地人的大客车，长长的黑色的莫里斯·莱昂－博来牌汽车，有中国北方的情人们在船上眺望风景。渡船离岸后，女孩走下大客车。她观看黑色汽车里那个衣着讲究的中国人。他从黑色汽车上走下来，他不是上本书里的那个男子，他是另一个中国人，二十七岁，来自中国东北。他跟上本书里的那一个有所不同，更强壮一点，不那么懦弱，更大胆。他更漂亮，更健康。他比上本书里的男子更"上镜"。面对女孩，他也不那么腼腆。一个高大的中国人。他有中国北方男人的那种白皮肤。风度优雅。穿着米灰色柞丝绸西服和红棕色英国皮鞋，那是西贡年轻银行家喜欢的打扮。这次他不再是做橡胶生意的，或房地产金融家的独子，而是百年银行家世家的长子，全部庞大财产的唯一继承人。

　　这是杜拉斯《中国北方的情人》（1991）里中国情人的三度出场。"上本书"指的自然是《情人》。故事还是那个故事，场景还是那个场景，汽车还是那辆汽车，女孩还是那个女孩，

236

情人还是那个情人，仍然来自中国北方，手上仍戴着那枚大钻戒，但不再像《堤坝》里那么丑陋，也不再如《情人》里那般孱弱，而是变成了一个高富帅，风度更优雅，气场更强大，还有一种华丽的中国式的温柔，身躯瘦长、灵活、奇妙、完美，金黄色的皮肤丝绸般柔软，身体周围飘着欧洲古龙水的香味，以及淡淡的鸦片和柞丝绸的气味，丝绸上和皮肤上的龙涎香的气味。传统中国和现代西方的好东西，似乎都集中到了他的身上。

而她，依旧是上本书里的那个女孩，瘦弱，放肆，难以捉摸，难以形容，法文考试总考第一名，厌恶法国，喜欢文弱的男人，浑身洋溢着世上少见的那种性感，发疯似的喜欢读书、观看，桀骜不逊，我行我素。年龄则更小一些，十五岁都未满了——在撰于翌年的《扬·安德烈亚·斯泰奈》（1992）里，更说"那时我十四岁，甚至还不到"。从十七岁，到十五岁半，到十四岁未满，女孩的年龄越来越小，越来越接近洛丽塔了。

女孩从头就吃定了他，说他全身都漂亮，从未见过他这么美。他半真半假地要她承认，她是为了他的钱而来，但她不能撒谎："不是的。这是后来的事情。可是在渡船上，没想到钱。完全没有。一点没有，就跟钱这东西不存在一样。"她拿起他的手，看着，吻上去："对于我，是你那双手……我那时这么以为。我好像看到你动手脱掉我的连衣裙，把我剥光了站在你面前，由你观看。"可见，欲念从头就已存在。

当然，金钱仍是重要目标。"她独自与钱呆在一起，面对这一笔她从外人那里成功得到的钱，她被自己感动了。她与母亲合谋做了这件事，她们取到了——钱。"这次她终于说出了"我爱你"，平生第一次说出了这句话，为她与他的关系定下了基调，而在《堤坝》中只有若先生说过。"是放学的时间。女孩走到他跟前。一言不发，当着众多行人和学生，他们久久相拥相吻，忘了一切。"这次女孩已爱得如此坦荡大方，令她的同学和路人都刮目相看了。

这次，母亲对中国情人彬彬有礼，完全接受他的安排和做法："您应该知道，先生，您爱的即便是条狗，那也是神圣的。人有这个权利——它和生存的权利一样神圣——有权不对任何人解释这种爱。"但对女儿的感情，她还是有所保留，她盘问女儿："那么……你去见他不仅仅是为了钱。""不是……不仅仅是。"她惊讶，突然感到痛苦："莫不是你对他有了情……""也许吧，是的。""对一个中国人……这太奇怪了……"但这次女大不由娘，母亲已控制不住了，更不要说是痛揍了。那枚几乎是《堤坝》中心道具的钻戒，在这本书中依然出现了，但就像在《情人》里那样，它已不再具有重要性，卖钻石也已经变成了别人家的故事。

大哥这次叫皮埃尔（作者大哥的名字），一如既往地粗鲁无礼，却再也占不了上风，反被中国人视若无物。中国人与女孩共舞，大哥怪笑讥讽，嘲笑他俩不般配。中国人放开女孩，走到大哥面前，细细打量他的脸。大哥害怕了："说到打架，我随时奉陪。"中国人开怀大笑："我练过功夫。我总是事先告知。"母亲也害怕了："先生，您别在意，他喝醉了……"大哥越来越害怕："难道我没有权利笑吗？"中国人笑着说："没有。"大哥远离中国人坐下。母亲心有余悸，声音发颤："您真的练过中国功夫，先生？"中国人笑了："没有，从来没有。"他目不转睛地盯着大哥："真奇怪，见了您儿子就想揍他一顿。"母亲说他喝醉了，"这孩子欠揍"，请中国人原谅他。大哥看到危险过去了，于是高声说："臭中国人。"对比下《堤坝》里的约瑟夫、《情人》里的大哥，这次他真的惨不忍睹了。

小哥哥这次叫保尔（作者小哥哥的名字），已经不再粗鲁无礼了；又添加了一个暹罗人清，是从小被母亲收养的孤儿，后来做了母亲的司机。"这一次，在叙述过程中，清的面容以炫目的光辉突然显示——还有小哥哥，那个与众不同的孩子。我与这些人一起，只和他们一起停留在故事里。"他们都成了中国情人的陪衬，以凸显女孩不受羁绊的欲念。

在高档的中国饭店，在堤岸最讲究的地方，中国人请她全家吃饭。这家人点菜的唯一标准，就是"本店特别推荐"，也就是那些最昂贵的菜，烤鸭、烤虾、鱼翅羹……他们狼吞虎咽，吃相夸张，吃法相同，谁也顾不上说话。侍者用小碟子递上账单，中国人掏出一叠钞票，把其中八张放进碟子。

这笔数目使众人目瞪口呆，母亲和大哥面面相觑。大家都在默算，扣除找回来的零头，中国人该付多少钱。中国人如众星拱月，位于中心。与《情人》里的同样场面比较，人物关系简直是天壤之别。

情人的父亲年迈、高贵、有钱，是个极为强势的中国富翁。他出钱，他买通，他的情报网遍布殖民地，他什么都知道，包括与她家有关的一切。他宁可看到儿子去死，也不允许他娶白人女孩，就连做他的情妇也不行；他了解女孩母亲的困境，还知道她家有个败家子；他知道她大哥哪天几点在几号码头上船，也知道她家哪天会坐邮轮回法国；他知道女孩的确切年龄，还是一个未成年人，但他能把事情摆平，保护儿子不受指控，所以这次情人并不担心："假如警察找到我们……我可是未成年人……""我可能会关押两三天……我不太清楚。我父亲会出钱的，没那么严重。"中国富翁出手大方，礼数周到，愿意给她母亲许多钱，让她摆脱欠银行的债务；他把她家的什么钱都付了，包括她家回法国的旅费、大哥在鸦片烟馆的欠账，而提出的唯一条件，就是让她家滚出殖民地，别再来烦他的儿子。

归根结底，这仍是那场种族与财富的竞争，穷白人与富有色人种的博弈，穷殖民者与富被殖民者的角斗；但比起七年前的《情人》来，天平已完全倾向于后者；比起四十一年前的《堤坝》来，更可以说已恍如隔世了。

这不禁让人想起了略萨的说法："只要是有钱人，就会比没钱的人更'白'。金钱可以把人漂白，贫穷则会使人'乔洛化'。如果你是穷人，像穷人那样生活，那么你就不可能是白人，你会越来越'不白'……歧视不仅关乎肤色，也关乎金钱。"（《普林斯顿文学课》，2017）

杜拉斯第三度写中国情人，是因为刚获知了他的死讯。"有人告诉我他已死去多年。那是在 1990 年 5 月，也就是说一年以前。我从未想到他已经死去。人家还告诉我，他葬在沙沥，那所蓝色房子依然存在，归他家族和子女居住。又说在沙沥，他因善良和质朴备受爱戴，他在晚年变得非常虔诚……我从未想到中国人会死去，他的身体、肌肤、阳具、双手都会死亡。整整一年，我又回到昔年乘坐渡船过湄公河的时光。"这一次给她带来了更大的震动，比写《情人》时的那次刺激更大，因为那时至少中国情人还在，但现在随着中国情人的死去，一段往事终于落下了帷幕，自己的人生似乎也随之而去。"我放弃了手头正在做的工作。我写下中国北方的情人和那个女孩的故事：在《情人》里，这个故事还没有写进去，那时候时间不够。写现在这本书的时候，我感到写作带来的狂喜。我有一年工夫沉浸在这部小说里，全身心陷入中国人和女孩的爱情之中……我又成为写小说的作家。"第三次写完中国情人后又过了五年，她留下了扬，跟着中国情人去往了另一个世界。

从《堤坝》到《情人》再到《中国北方的情人》，杜拉斯的后半辈子，漫长的四十余年间，中国情人在她的小说里三度出场。"玛格丽特的一生从来没有停止过讲述这个和情人之间发生的故事，她用尽了各种办法。第一次以小说的形式叙述出来是在《抵挡太平洋的堤坝》里，她那时还没敢让情人成为中国人……必须等到老了，无所顾忌了，等到足够的一把年纪，玛格丽特才敢写情人不是一个种族的，甚至在最后那本书的题目里还写了他的来处：《中国北方的情人》。有个当地的情人是件非常有损体面的事情……一直到生命垂暮，玛格丽特才让别人——同时也让自己——相信她曾经爱过中国人。"（劳拉·阿德莱尔《杜拉斯传》）。

　　有意思且有象征意味的是，在《中国北方的情人》里，破天荒头一遭，中国情人对女孩讲起了中国，讲起了中国古代史和近现代史，尽管讲得颠三倒四错误百出，但看得出杜拉斯经过了恶补。"你的那些个中国故事，我可是百听不厌……"女孩说出的，也许正是杜拉斯彼时的心声。女孩告诉中国情人，中学里没人跟她说话，因为他们怕中国人。"为什么怕中国人？""中国人没有被殖民化，他们在这里像他们在美国一样，到处流动。人家抓不住他们，没法叫他们归顺。人家不甘心啊。"中国人一笑。她跟他一起笑，望着他，这个明显的事实令她佩服不已："真是这样的。这也不要紧。不要紧。"——这当然不要紧，不仅不要紧，而且还很正常。

在这本书里，借助可能晚年才获知的"明显的事实"，杜拉斯率先让海外华侨"去殖民化"了。另一个并非无关紧要的细节是，中国功夫在这本书里也登场了，而这，一向被看作是中国力量的象征。

在传记层面上，中国情人的哪一度出场会更"真实"呢？或换言之更符合杜拉斯的人生轨迹呢？首度出场，他是被极度丑化了；三度出场，他是被高度美化了（她的传记作者说它大大损害了前一部，她自己则坚持说它比前一部更真实）；二度出场，看上去初写黄庭，恰到好处，也许可能性最大？但谁知道呢。也许三度出场，都有一些真实，也有许多虚构，合在一起，才是全貌？

而在观念层面上，从 1950 年到 1984 年到 1991 年，中国人在杜拉斯乃至法国人心目中的形象，大概也像杜拉斯小说里三度出场的中国情人一样，在缓慢然而有力地发生着变化吧？

"我是出生在印度支那的法国人。我还能回忆得起我们祖父建立的所谓和平共处的殖民共同体。从根本上说，都是同样的蔑视。压迫也总是建立在这同样的蔑视之上的。如何能够永远地忍受这一份蔑视？"（1960 年 9 月 20 日杜拉斯作为道德证人为被法国军事法庭准备起诉的反阿尔及利亚战争者辩护而致律师的函）

"今天，没有一丝云彩的空中有只好像中国做的风筝，

我不太清楚，但我似乎认出了中国漆的红色，中国北方的红色。"（《扬·安德烈亚·斯泰奈》）

（杜拉斯《中国北方的情人》，施康强译；《扬·安德烈亚·斯泰奈》，王文融译。劳拉·阿德莱尔《杜拉斯传》，袁筱一译。略萨《普林斯顿文学课》，侯健译。）

2022年9月13—16日于沪上阅江楼

往西看，往东看

要问我读欧陆文学的最大体会是什么，其实不是各种各样的构思或主题，也不是花样翻新的技巧或表现，而是欧陆文人共同的欧洲整体意识。"自古以来，一直有一个欧洲整体，它有别于所有的非欧洲。"（赫德逊《欧洲与中国》）——正如自古以来直至近代，在亚欧大陆的东部，一直有一个东亚汉文化圈，它有别于所有的非汉文化圈。

这种欧洲整体意识的具体内涵是："从西元一千年到今天，欧洲的历史只是一场共同的冒险历程。我们都属于这个历史，而我们所有的行动，无论是个人的还是国家的，只有当我们将这些行动与欧洲历史关联起来，才会显出决定性的意涵。"（昆德拉《被贬低的塞万提斯传承》）

有时候，欧洲整体意识或对欧洲的精神认同，还可以扩展到曾为欧洲殖民地的美洲："对于胡塞尔来说，'欧洲的'这个形容词意味着延伸至地缘欧洲之外（例如美洲）的精神认同，它与古希腊哲学一同诞生。"（同上）博尔赫斯表达了对欧洲的乡愁，其中同样蕴含着欧洲整体意识："也许我们拥有的众多财富之一就是乡愁，尤其是对欧洲的怀念。这种情感是欧洲人体会不到的，也因为欧洲人不觉得自己是欧洲人，他们认为自己是英国人、法国人、德国人、西班牙人、意大利人、俄国人……"（《略萨谈博尔赫斯》）——不过对于走极端的茨威格来说，欧洲的毁灭就是世界的末日，就连美洲也不过是个冒牌货，救不了他的卿卿性命。

由此派生出的欧陆文人的一个特点，就是许多人的眼光始终局限于欧洲，几乎从不把眼光投向欧洲以外的世界，投向包括中国在内的亚欧大陆东部，投向与欧洲文明迥然不同的东方文明。简言之，就是我们关注他们，他们不关注我们；我们读他们的书，他们不读我们的书；我们谈论他们，他们不谈论我们；我们常常往西看，他们从不往东看。"对亚洲的无知乃是欧洲人的通病"（《人，岁月，生活》），爱伦堡此话可谓一语中的。

这样的传统由来已久。即使当年中国文化风靡欧洲的时候，卢梭发表《圣·彼埃尔长老的永久和平计划纲要》，即被伏尔泰讥讽为眼光局限于欧洲。伏尔泰戏拟了一道中国皇帝的诏书，对卢梭的井蛙之见大肆揶揄和嘲笑：

> 我们看到我们亲爱的让·雅克所草拟的纲要，说明赋予欧洲以一个永久和平易如反掌，我们心里大为懊丧。他忘了世界上其余的一切部分，而这些部分，

他在他的所有的小册子里都应该时刻顾到的呀。我们看到了法国的君主制度，它是君主制度中的天下第一；德国的无政府制度，它是无政府制度中的天下第一；西班牙、英吉利、波兰、瑞典，都各按其史家的说法，各以其类，称为天下第一；它们都被请去参加让·雅克的条约了。我们很安慰地看到，我们的表妹全俄罗斯女皇也被邀去出一份力量。但是名单之中未见朕名，寡人大为震惊。寡人以为，寡人既与亲爱的表妹如此邻近，实应与之同受邀请；且土耳其大君为匈牙利与那不勒斯的近邻，波斯王又为土耳其大君的近邻，蒙古大君又为波斯王的近邻，亦皆有同被邀请之权；而号称普遍同盟，竟忘了日本，亦属不公之至。（范希衡《中国孤儿》译序引《伏尔泰全集》第二十四册杂著三）

像卢梭这样的欧陆文人绵绵不绝，他们心目中的"世界"只限于亚欧大陆西部，就像古代中国人心目中的"天下"只限于亚欧大陆东部。当昆德拉说"小说是欧洲的产物"，说小说是"一门伟大的欧洲艺术"，说"小说的种种发现，尽管在不同的语言之中进行，还是属于整个欧洲"（《被贬低的塞万提斯传承》），意味着他当然不知道《源氏物语》是什么东西，也不关心《金瓶梅》《红楼梦》《儒林外史》发现了什么；当他说"欧洲最早期的小说写的都是横越世界的旅程，而世界看似无界无限"（同上），我们知道他的"世界"跟卢梭的没什么两样，再"无界无限"也不会越出欧洲的版图。他以反"媚俗"相标榜，却"媚俗"而不自知，即仍不免媚"欧洲"之俗。每次一说起欧洲文明，便雄踞于世界之上，或简直是世界本身，其他文明都宛如无物。他赞美以色列，也是因为"他们始终对于超越国界的欧洲展现着一种特殊的感受，他们将欧洲想象为文化，而非领土。尽管欧洲曾以悲剧让犹太人陷入了绝望之境，可是在此之后，犹太人却对这欧洲的世界主义忠诚依旧"，以致在他眼里，以色列有如那长在欧洲身体之外的奇异的真正的心脏（《耶路撒冷演讲：小说与欧洲》）。曼德施塔姆夫人在其回忆录里，一边揭露和控诉曼德施塔姆遭受的种种迫害，一边却总不忘拿"落后的东方"与"我们的欧洲"相比，时时处处流露出其浓郁的欧洲优越意识。"'奇迹'让他多活了几年，可是我却依然会因奇迹而发抖，而且不认为自己是忘恩负义的，因为奇迹是一种东方产物，是与西方的意识相矛盾的。""我们因各种奇迹而欢欣，带着东方百姓甚至是亚述庶人的率真接受它们。""自焚者是一种东方现象，而我们毕竟是欧洲人，不愿自己跳进火堆。"这也难怪，东欧或中欧对西欧总有一种自卑感，所以得全神贯注往西看，牢牢抓住欧洲整体意识才行。

　　似曾相识的一幕,在历史上也发生过,不过立场正好相反。当我读着那些欧陆文人的作品时,有时恍然觉得,我像是置身于19世纪前的朝鲜半岛或日本列岛,我的视线总是朝向西方,朝向中国大陆,关心着在其文坛上发生的一切,出了什么新的大诗人大文豪,流行什么新的文学流派文学风尚……那时中国大陆的文人也从不往东看,从不关心朝鲜半岛、日本列岛的文人在做什么,写出了什么样的文学作品,哪怕写的同是汉字汉文学,榜样就是中国大陆的文学……"而所恨者,我邦之才子名公,解吟唐什;彼土之鸿儒硕德,莫解乡谣。矧复唐文如帝网交罗,我邦易读;乡札似梵书连布,彼土难谙。使梁宋珠玑,数托东流之水;秦韩锦绣,希随西传之星。其在扃通,亦堪嗟痛。"(《均如传》第八《译歌现德分者》载崔行归序,967)这是历史的报应吗?

　　但不管是报应还是什么,目前的现状就是如此,我们再尴尬再不情愿,也不得不接受这现状。

　　然而现状不会永远如此的,就像历史上发生过的那样。

　　与此同时,与近现代欧陆文人紧紧抓住欧洲整体意识相反,以福泽谕吉的"脱亚论"(其实质乃是"脱中论")为嚆矢,在近现代以来的东亚,我们看到的却是竭力摆脱东亚整体意识、拼命强调各自所具特殊性的种种言行,什么汉文的读法不一样啦,汉字的读音都不同啦,汉字的使用已消失啦……时至今日,仍是如此。殊不知"脱亚"容易"入欧"难,在人家的欧洲整体意识中，根本就没有你我的位置，结果无非是成为丧家犬，或那个邯郸学步的失败者。

仅就个人而言，我以为东亚的未来也取决于东亚整体意识的复兴，东亚整体意识的复兴则有待于中华文化的伟大复兴，前者将是后者的题中应有之义，同时也会是它的一个必然结果。

是耶非耶，跂予望之。

（赫德逊《欧洲与中国》，李申等译，何兆武校。《略萨谈博尔赫斯》，侯健译。爱伦堡《人，岁月，生活》第六部，冯南江译。范希衡《中国孤儿》译序。昆德拉《小说的艺术》，尉迟秀译；《不能承受的生命之轻》，许钧译。《曼德施塔姆夫人回忆录》，刘文飞译。）

2022 年 9 月 18 日于沪上阅江楼

跋

收入本书的四十六篇短文，是我近年来的读书笔记。与《远西草》主要集中于法国文学不同，本书扩展到了欧陆各国文学，尤其是中东欧和俄苏文学，同时也不时引入中国文学，以为比较的对象和参照的基点。所以本书的起名《中西草》，也就具有了双重含义，既是指相对于"远西""近西"的"中西"（类欧人相对于"远东""近东"的"中东"），也兼有了一点中西比较的意思。

本书各文的排列顺序，大致依写作时间先后，个别的依主题、内容微调；写作地点则均为上海。在各文的后面，附注了该文中所谈论作品的中译者，以向他们的辛勤劳动致敬；但为避免琐碎，省略了出版信息，因为很容易在网上查到，且有些也不止一个版本。外国人名的译名，各译本或不统一，本书仅据所引用者。译文偶或有误，径改不作说明。

感谢蒋逸征女史匠心巧运，使本书有幸得以结集问世，继《远西草》之后，再飨于此有同好的读者。

接下来我要写的，该是《近西草》了吧？

邵毅平

2022 年 11 月 18 日（普鲁斯特逝世一百周年）识于沪上阅江楼

图书在版编目（CIP）数据

　　中西草 : 我的欧陆文学逍遥 / 邵毅平著 . -- 上海 :
上海文化出版社 , 2023.3
　　ISBN 978-7-5535-2706-2

　　Ⅰ . ①中… Ⅱ . ①邵… Ⅲ . ①欧洲文学评论－文集
Ⅳ . ① I500.6-53

　　中国国家版本馆 CIP 数据核字 (2023) 第 041606 号

中西草 : 我的欧陆文学逍遥

邵毅平　著

责任编辑：蒋逸征
装帧设计：王怡君
封面摄影：邵　南
书名题签：邵　南

出　　版：上海文化出版社　上海咬文嚼字文化传播有限公司
地　　址：上海市闵行区号景路 159 弄 A 座 2—3 楼
邮　　编：201101
发　　行：上海市闵行区号景路 159 弄 A 座 206 室
印　　刷：浙江天地海印刷有限公司
规　　格：787×1092 1/32
印　　张：8.25
版　　次：2023 年 3 月第 1 版　2023 年 3 月第 1 次印刷
书　　号：978-7-5535-2706-2/I.1042
定　　价：48.00 元

告读者：如发现本书有印刷质量问题请与印刷厂质量科联系
电　话：0573-85509555